Cyriane Delanghe

Harper & Hicks

1- L'ombre de Gilgamesh

Cyriane Delanghe

Harper & Hicks

1- L'ombre de Gilgamesh

Les Editions Voy'el bénéficient du soutien de Ciclic-Région Centre dans le cadre de l'aide aux entreprises d'édition imprimée ou numérique.

CHAPITRE 1

David Harper se réveilla en hurlant, le corps trempé de sueur, les poings crispés sur ses draps. Son cœur battait si vite que le bruit de ses pulsations paraissait remplir toute la pièce.

Ce fichu cauchemar était revenu le hanter. La terreur, l'obscurité, la certitude qu'on l'avait enseveli vivant dans cette grotte où, privé de lumière et d'autres odeurs que celles de la pourriture et de ses excréments, il avait cru devenir fou. Depuis son retour, il connaissait des épisodes de panique effroyables durant lesquels ses sens se détraquaient, amplifiant plus que de raison les moindres perceptions.

D'ailleurs, il lui semblait entendre, quelque part dans l'appartement, le crissement des pattes d'un insecte sur le parquet. Il secoua la tête, ferma les yeux et fut aussitôt assailli par des effluves insupportables : celle du savon dans la salle de bains, du détergent utilisé la veille pour nettoyer le lavabo, du chien du voisin qui passait au même moment dans le couloir, accompagné par son maître dont *l'after*

1

shave lui donna la nausée. Dave se leva en réprimant un haut-le-cœur, pour se précipiter dans les toilettes et vomir le peu que contenait son estomac.

Bon sang ! Ça n'allait pas recommencer ! Cela faisait des mois qu'il n'avait pas eu ce genre de crise et il pensait que tout ça était définitivement derrière lui. L'armée avait bien envoyé le certificat de guérison à la brigade criminelle où il travaillait depuis son retour, garantissant que ses troubles ne pouvaient représenter une gêne dans son travail. Pour tout dire, la plupart du temps, il s'en accommodait très bien, cela lui avait même servi quelquefois pour dénicher des indices. Mais ça, c'était quand ses sens ne partaient pas en vrille.

Appuyé sur le rebord de la cuvette, David essayait de reprendre son souffle après avoir tiré la chasse d'eau – quand, soudain, la sonnerie de son portable lui vrilla les oreilles. Il se traîna péniblement jusqu'à sa chambre et rata le premier appel. Mais, très vite, le son strident se manifesta de nouveau et Dave décrocha en toute hâte.

« Harper, grommela-t-il.

— *C'est ton capitaine préféré. On t'attend sur une scène de crime.* »

Il nota mentalement l'adresse que lui fournit son supérieur.

« OK, je serai là dans vingt minutes.

« — *Tout va bien ?* s'inquiéta Fisher. *Tu as une drôle de voix.*

— C'est... c'est ma migraine.

— *Avale tous les aspirines que tu peux, j'ai vraiment besoin de toi sur ce coup-là.*

— Je ferai de mon mieux », promit le policier avant de raccrocher.

Il se hâta sous la douche, ne prit pas le temps d'avaler quoi que ce soit et sortit de l'appartement après avoir récupéré ses clefs de voiture. Il se félicita de ne croiser personne dans l'ascenseur. Une fois dans le parking souterrain, il s'empressa de démarrer pour échapper aux relents de moteurs chauds, de fluides divers et de caoutchouc.

Conduire lui fit du bien, car il put se concentrer sur la route : le contact du volant entre ses mains l'ancrait dans la réalité, les autres automobilistes l'obligeaient à rester attentif. Tout cela lui permit d'abaisser le volume de ses perceptions et d'appréhender de nouveau le monde sans que celui-ci ne lui hurle à la figure. Il espérait que la fatigue, due à l'enquête particulièrement éprouvante qu'il venait de boucler, était à l'origine du retour de ses symptômes. Il ne se ménageait pas, loin de là. Une fois qu'il était sur une piste, il ne la lâchait pas jusqu'à obtenir des résultats. Cela faisait de lui un très bon flic. Ça et son sens de la discipline, le fait que ses collègues savaient pouvoir compter sur lui en toute occasion. Des qualités qu'il avait pu développer pendant qu'il servait sous les drapeaux. Gamin, il n'était qu'un chien fou, sans repère, sans famille. L'armée lui avait tout appris. Il savait ce qu'il lui devait, même si elle lui avait aussi volé deux années de sa vie.

Une fois arrivé sur la scène de crime, Dave rejoignit ses collègues et écouta les premières observations qu'avait notées Becky Connor. Sa collègue, aux airs de garçonne avec ses cheveux roux coupés court, ne s'en laissait pas compter par ses coéquipiers masculins. Ils furent rejoints par le blond Richard Ferguson et par Joseph Brown, un grand Noir impressionnant ; ces deux-là travaillaient côte à côte depuis si longtemps qu'ils avaient acquis des similitudes : même carrure, même gestuelle, même façon de mâcher leur fichu chewing-gum.

Tous les quatre considéraient le corps momifié qu'on avait découvert dans une benne. Pour une trouvaille incongrue... Cette fille avait été vidée de ses organes internes et embaumée comme au temps de l'Égypte ancienne. En outre, il se dégageait d'elle une forte odeur de... de... Harper grogna, incapable de reconnaître cette fragrance, mais il savait qu'il l'avait déjà sentie quelque part.

Il regarda les gars du coroner emballer le corps et l'emporter dans leur break. La benne aussi fut réquisitionnée et chargée sur un camion de la police. David préféra traîner encore un peu et vérifier qu'aucun indice ne leur avait échappé. Il parcourut la ruelle plutôt quelconque, jonchée des habituels détritus. Rien de bien réjouissant, surtout pour ses sens en ébullition.

Une main posée sur son épaule le fit sursauter. Il se tourna vers Brown.

« Tout va bien, Dave ?

— Migraine », se contenta-t-il de répondre avec un sourire d'excuse. Cela suffit à éloigner son collègue qui savait que dans ces cas-là, mieux valait éviter de lui parler. Connor le héla néanmoins au bout de quelques minutes, juste avant de monter dans sa voiture. Harper lui adressa un signe de la main, pour lui indiquer qu'il notait son départ, puis rejoignit son pickup. Il n'avait plus rien à faire ici. Aucune trace, aucun indice, rien qui puisse expliquer la présence d'une momie dans une impasse de Philadelphie.

De retour au central, David Harper, armé d'une boîte d'aspirines, se plongea dans les recherches. Si l'enquête sur le terrain représentait une grande partie de son boulot de flic, il ne pouvait se passer d'un minimum de travail préalable. Avec son équipe, il se mit donc en quête d'affaires pouvant éventuellement rappeler la leur. Et ce fut Connor qui tira le gros lot.

« Bingo ! » exulta-t-elle en levant les bras au ciel.

Ses collègues levèrent le nez de leurs écrans pour la consulter du regard.

« Il y a trois ans. Sur le campus.

— Ici, à Philadelphie ? l'interrompit Brown.

— Non, sur Mars, idiot », le rabroua-t-elle, ce qui fit rire Ferguson. « Et cesse de m'interrompre sans arrêt ou on y est encore demain.

— Crache le morceau, Becky », s'impatienta Harper.

Elle commença à leur résumer l'article qu'elle avait trouvé sur le Net.

« Un jeune professeur de vingt-cinq ans...

— Vingt-cinq ans ! »

Un sourcil désapprobateur suffit à faire taire l'importun – toujours le même.

« Morgan Hicks, a été retrouvé aux côtés du corps sans vie *et embaumé* », insista Connor en levant un index triomphant, « de sa petite amie, Maya Sanchez. Hicks, qui ne se souvient de rien, avait été ligoté et violé par leur agresseur qui a laissé derrière lui cinq canopes contenant les organes de la jeune femme.

— Beurk, commenta Ferguson.

— Qu'est devenu Hicks ? s'enquit Dave qui pianotait déjà sur son clavier pour avoir la réponse – mais, une nouvelle fois, la jeune femme le devança.

— Il a été interné en hôpital psychiatrique

après avoir tenté d'agresser l'un de ses étudiants dont il jurait qu'il était le meurtrier de Maya Sanchez.

— Il s'y trouve toujours », confirma Harper, tout en consultant d'autres informations à propos du jeune homme. Un petit génie, visiblement, spécialisé en anthropologie, et qui avait participé à la découverte d'un complexe funéraire au Pérou.

« OK, les gars, je vais rendre une petite visite au professeur Hicks, annonça-t-il.

— Il va te falloir une autorisation spéciale ou tu vas te casser le nez sur la grille, l'avertit Ferguson.

— Notre bien-aimé capitaine va me trouver ça », assura Dave en se levant pour se diriger vers le bureau de son chef.

Cela prit à Fisher plus de temps qu'il ne s'y serait attendu. La famille de Hicks – sa mère, pour tout dire – avait donné des consignes strictes concernant les visites à son fils. Le capitaine dut solliciter quelques faveurs auprès des personnalités judiciaires de la ville pour obtenir enfin un rendez-vous.

***

Lorsque Harper se présenta à l'hôpital, il dut encore subir de la paperasse et laisser son arme et son badge à l'accueil. Puis on lui demanda d'entrer dans une pièce entièrement vide, à l'exception d'une table et de deux chaises, rivées au sol. Le décor, sinistre, donnait au policier l'impression de se retrouver en prison et non dans une unité de soin. Quand il en fit part à son guide, ce dernier se contenta d'un haussement d'épaules, avant de verrouiller la porte derrière lui. L'enquêteur n'était pas du genre nerveux, mais l'atmosphère de cet endroit lui donnait des frissons et lui rappelait de très mauvais souvenirs.

Un infirmier ouvrit la seconde porte face à lui et s'effaça pour laisser passer un jeune homme d'une trentaine d'années à l'expression inerte, au visage émacié, aux cheveux châtains, bouclés, rassemblés en queue de cheval. Il portait la combinaison blanche habituelle. Docilement, il s'assit sur la chaise inoccupée, tandis que le soignant sortait des clefs de sa poche pour l'attacher aux accoudoirs.

« C'est vraiment utile ? grinça Harper.

— Il peut se montrer violent », lui affirma l'infirmier sans le regarder, toujours occupé à sa tâche.

« Je saurai me défendre », rappela le policier, d'un ton qui ne supportait aucune contrariété. Cela suffit à sortir Hicks de son état léthargique. Il étudia l'enquêteur avec attention et un demi-sourire étira ses lèvres. Le soignant grommela des paroles inintelligibles, mais renonça à attacher le patient. Il quitta la pièce, laissant les deux hommes face à face.

Dave avait toute l'attention du professeur, à présent. Ce dernier se massa les poignets.

« Merci, dit-il d'une voix rauque. Ça fait du bien de ne pas être traité comme une bête fauve, pour une fois.

— Comme je le disais, je suis tout à fait en mesure de me défendre. »

Hicks accueillit cet avertissement d'un hochement de tête. Harper continuait de l'étudier. Ses sens lui révélaient les mauvais traitements subis par le jeune homme, le manque de sommeil, une certaine nervosité, mais rien de dangereux.

Comme le silence se prolongeait, l'ex-universitaire demanda :

« Puis-je savoir qui vous êtes ?

— David Harper. Brigade criminelle. »

L'expression de l'ancien professeur se troubla.

« Brigade criminelle ? »

Le policier ne lui laissa pas le temps de se remettre de sa surprise et posa le dossier qu'on l'avait autorisé à lui montrer. Quand il l'ouvrit, Hicks eut un sursaut et bondit de sa chaise pour se réfugier contre le mur derrière lui. L'enquêteur attendit patiemment qu'il reprenne son calme, sans le forcer toutefois à y regarder de plus près. Sa réaction était suffisamment édifiante.

« Il a recommencé, murmura le professeur d'une voix tremblante.

— Vous savez qui a fait ça ?

— J'ai voulu l'empêcher de nuire, mais j'ai échoué.

— Qui est-ce ? le pressa Dave. Qui soupçonniez-vous, à l'époque ?

— Un de mes étudiants. Samuel Myles.

— Pourquoi avez-vous pensé à lui ?

— Maya. Elle le trouvait bizarre. Je l'ai invité chez nous, un soir, pour parler de sa thèse. C'était un étudiant prometteur, mais il avait des idées assez tranchées et supportait difficilement qu'on le contredise. Je lui ai expliqué que, dans notre milieu, cela risquait de lui porter préjudice, qu'il pourrait adopter ce genre d'attitude plus tard, quand il aurait sa propre chaire. Il n'a rien dit, mais, durant tout le dîner, il a semblé contrarié. Au cours de la soirée, j'ai dû m'absenter quelques minutes pour aller aux toilettes. Quand je suis revenu, j'ai tout de suite su qu'il s'était passé quelque chose entre Maya et lui, mais elle n'a rien voulu me dire. Après ça, Samuel n'a plus été pareil. Il disparaissait pendant des jours, impossible de le joindre. Je l'ai trouvé un soir au pied de notre immeuble. Il a insisté pour me parler. Comme il était tard et que je savais que Maya ne l'aimait guère, je lui ai proposé un rendez-vous dans mon bureau le lendemain. Il s'est mis en colère, m'a plaqué contre le sol et m'a... m'a embrassé. »

Une expression de dégoût se peignit sur les traits de Hicks.

« Il s'est montré très... insistant, jurant que Maya ne me méritait pas, que je devais la quitter et que, lui et moi, nous pouvions accomplir de grandes choses ensemble. Tout ça au milieu d'un délire incompréhensible à propos de réincarnations, de passages du *Livre des morts* égyptien et d'autres propos que je n'ai pas du tout saisis. Je me creuse encore la cervelle pour essayer de me souvenir en quelle langue il a pu me parler à ce moment-là. Peut-être aucune, à vrai dire, soupira-t-il. J'ai réussi à le repousser, avec beaucoup de difficultés. Et j'ai bondi jusqu'à la porte du hall de l'immeuble, pour la claquer sur lui. Il se l'est prise en plein visage, ça a réussi à le calmer. Mais je me souviendrai toujours du regard qu'il m'a lancé à ce moment-là. Deux jours plus tard, Maya était morte, et moi... »

Le jeune homme revint s'asseoir, avant que ses jambes ne le trahissent. Il était encore plus pâle qu'à son arrivée, si tant est que ce fut possible. Les mâchoires de Harper se crispèrent. Ça ne lui plaisait pas de remuer ainsi le couteau dans la plaie. Pourtant, il avait l'habitude des interrogatoires et pouvait se montrer impitoyable. Mais dans le cas présent, il avait affaire à une victime tout à fait coopérative. Il savait que Hicks ne lui mentait pas.

L'ex-universitaire désigna les photos qui accompagnaient le dossier.

« Quand est-ce que... ?

— Hier matin. Cette fois-ci, cependant, on n'a retrouvé aucun canope.

— Non... l'embaumement semble différent. Je ne peux pas être précis à partir de simples photos, mais la technique destinée à conserver le corps fait davantage penser aux momies des Guanches sur l'île de Tenerife. C'est dans l'archipel des Canaries, crut bon d'ajouter l'ancien chercheur. Désolé. Vous le saviez peut-être. »

Harper apprécia sa simplicité. Il se fit la réflexion que ce crâne était bien rempli. *Dommage que ce soit autant le désordre, là-dedans.*

« Merci, professeur, pour toutes ces précisions. Je vais lancer un avis de recherches sur Samuel Myles et voir ce que cette piste peut donner.

— De rien. Si je peux vous être utile en quoi que ce soit... Ça fait du bien d'avoir de la visite de temps en temps. À part ma mère... »

Il s'interrompit en voyant Harper se lever. Il le considéra alors d'un drôle d'air.

« Autre chose, Pr. Hicks ?

— Non, rien. Quelque chose dans votre attitude m'a tout à coup fait penser à quelqu'un, mais je dois me tromper. On ne s'est jamais croisé, par hasard ?

— Je ne pense pas, non.

— Peut-être dans une vie antérieure, alors », plaisanta le jeune homme. Comme la porte s'ouvrait derrière lui, il s'empressa d'ajouter : « Encore une fois, n'hésitez pas. Je serai ravi de vous aider. »

Le policier le regarda quitter la pièce avec un pincement au cœur. *Quel gâchis !* ne put-il s'empêcher de penser.

CHAPITRE 2

« Il y en a un autre. »

Cette annonce suffit à provoquer l'émoi dans la brigade.

Cette fois-ci, le corps d'un homme avait été retrouvé dans la volière qui abritait les deux vautours femelles du zoo de Philadelphie – du moins, ce qu'il restait du corps, à savoir les ossements proprement nettoyés. Si les charognards avaient attaqué certains d'entre eux, le légiste confirma qu'ils n'étaient pas responsables de leur état global. On les avait fait bouillir pour les débarrasser des chairs, avant de les disposer dans la volière. Interrogés, les soigneurs ne furent d'aucun secours : ils n'avaient rien vu, ni rien entendu avant la macabre découverte.

« Il existe un lien, j'en suis certain », affirma Harper, que son instinct poussait à croire cette hypothèse. « Mais impossible de le prouver pour l'instant, concéda-t-il à son supérieur.

— Qui pourrait être assez cinglé pour momifier une femme, puis désosser un type et les exposer ainsi ? » rétorqua ce dernier en dépliant son mètre quatre-vingt dix pour se lever de sa chaise. Ancien militaire lui aussi, Tobias Fisher en imposait autant par sa présence que par son autorité. Son regard brun se posa sur son enquêteur, et il précisa :

« Le premier lieu du crime, à défaut de pouvoir l'appeler autrement, était une ruelle déserte. Le second, un zoo très fréquenté. Rien de comparable.

— L'assassin a dû juger qu'on ne parlait pas assez de son exploit, suggéra Brown.

— Non, il y a autre chose, objecta Dave. Et je n'arrive pas à mettre le doigt dessus. Je voudrais pouvoir interroger de nouveau Hicks.

— Ça risque d'être compliqué », considéra le capitaine en passant une main sur son crâne chauve. « L'avocat de sa mère m'a appelé pour me demander des comptes. Je me suis avancé en disant qu'on pensait rouvrir le dossier Maya Sanchez. Ça n'a pas eu l'air de lui faire autant plaisir que je l'aurais cru. Samantha Hicks souhaite nous rencontrer. Et je voudrais bien que tu sois dans les parages.

— Retiens-les le temps que je retourne interroger le fils. L'autorisation court jusqu'à ce soir, rappela Harper.

— Je ne sais pas s'il est sage de tenter un truc pareil. Le gars semble sacrément perturbé.

— Moi, il m'a paru tout à fait serein et digne

de confiance. Tu me connais, Tobias, ajouta le lieutenant un ton plus bas. *Je sens* ces choses-là. Hicks est la clef.

— Si on apprend son lien avec l'affaire, il pourrait se retrouver exposé. Et là, je ne garantis plus rien. La mère a le bras très long. Vieille fortune », précisa Fisher avec une grimace explicite, avant de laisser toutefois son homme retourner à l'hôpital.

Dès que Morgan Hicks vit les photos, il demanda :

« Des vautours de Turquie ? »

Tout en consultant le rapport, Dave nota les mains tremblantes du professeur qui, surprenant son regard, les cacha sous la table. Il avait l'air encore plus las que lors de leur première rencontre et son regard fiévreux semblait avoir du mal à se fixer longtemps sur quelque chose. Hicks faisait visiblement des efforts importants pour rester concentré.

« Oui, confirma-t-il. Pourquoi ? C'est important ?

— Je ne suis pas policier, mais à votre place, j'y verrais un lien. Votre tueur reprend différents rituels funéraires. D'abord, la momification égyptienne avec... Maya », déglutit le jeune homme en se rappelant ce mauvais souvenir. « Ensuite, celle de Tenerife. Là, nous avons les caractéristiques d'un... d'un très ancien rituel employé par une civilisation disparue qui s'est épanouie sur le territoire de l'actuelle Turquie. On confiait les... les... Le mot m'échappe ! » ragea-t-il après plusieurs bégaiements.

Agacé, il plissa les yeux et se concentra. Son expression se rasséréna quand il retrouva ce qu'il voulait dire :

« On confiait les ossements aux vautours pour qu'ils les nettoient, avant de les rassembler dans un immense ossuaire. Ça ne m'étonnerait pas que votre homme poursuive avec un enterrement viking ou une crémation hindoue. Je pense qu'il prend goût au spectaculaire.

— Vous confirmez mes craintes.

— Désolé, les informations que je vous apporte ne sont guère réjouissantes.

— Mais elles sont utiles. »

Cette remarque amena un sourire dans les yeux bleus du professeur.

« Merci de le reconnaître.

— J'aurais besoin de vous sur le terrain », considéra Harper.

Hicks le regarda avec stupeur.

« Vraiment ? »

Il écarta les bras en un geste d'impuissance.

« D'autres pensent que je suis un danger pour la société.

— Et, pendant ce temps, ils laissent courir un tueur en série. »

L'ancien chercheur parut perplexe.

« Vous êtes sérieux », réalisa-t-il, encore plus stupéfait.

« Bien sûr, pourquoi ?

— Vous pourriez considérer que je manque de fiabilité, au vu de ma... situation.

— Vous êtes un homme brisé, pas un fou furieux. »

Hicks tiqua.

« Vous n'y allez pas avec le dos de la cuillère. J'aime ça », décida-t-il au bout d'un moment, l'air tout à coup très heureux. « Enfin quelqu'un qui n'essaie pas de me ménager... ou de me brutaliser parce que je ne rentre pas dans le moule. »

Il se pencha vers Harper.

« Ma mère ne vous laissera pas faire. Elle veut me protéger, c'est bien normal, mais elle a tendance à exagérer – ce qui, dans votre cas, constituera un obstacle de taille. Vous allez devoir lui passer sur le corps, si vous me pardonnez l'expression. Et sur celui d'une grosse machine administrative qui préfère me voir ici.

— Ça ne me fait pas peur.

— Non, c'est ce que je vois », constata le jeune homme en s'appuyant contre le dossier de sa chaise et en l'observant en silence pendant quelques secondes. « Je me souviens, maintenant, d'où nous nous sommes déjà croisés, ajouta-t-il. En Afghanistan. »

Harper sursauta.

« Vous y étiez ? »

Lui, militaire ? songea le policier. *Son allure détone complètement avec cette idée !*

« Pas en tant que soldat, s'amusa son interlocuteur. Je travaillais pour une mission de l'UNESCO, destinée à... évaluer l'ampleur des dégâts provoqués par l'occupation talibane. On m'avait notamment chargé de me rendre sur une... nécropole antique. Et, avec votre unité, vous jouiez les gardes du corps pour mon équipe et moi-même. Ça n'avait pas l'air de vous plaire. »

Dave en resta coi. Oui, il se souvenait, à présent. Des gratte-poussières qu'on lui avait collés dans les pattes alors qu'il traquait un groupe de terroristes. Il avait considéré cette mission comme une véritable corvée. Et les scientifiques ne s'étaient pas montrés des plus coopératifs. Ils prenaient des risques inconsidérés pour effectuer leurs recherches, mettant la vie de ses propres hommes en danger. Il s'était accroché avec un chevelu...

« C'était vous ! réalisa-t-il, au moment où le souvenir le frappa.

— Je vous avais surnommé Lancelot. Ça vous agaçait prodigieusement, confirma Hicks. Votre côté chevaleresque m'horripilait. Quand vous vous êtes levé, hier, ça m'a rappelé la manière dont vous quittiez le bivouac pour aller monter la garde. Les autres vous appelaient la Sentinelle. Moi, je préférais Lancelot. Mais... pourquoi avez-vous quitté l'armée ?

— Longue histoire, maugréa Harper en se renfrognant.

— Je... je comprends, pardon d'avoir été indiscret.

— Y a pas de mal. Merci encore une fois pour vos informations.

— Bonne chance dans votre traque. J'essaierai de me tenir au courant. »

Le regret se sentait dans la voix de Hicks. Dave lui adressa un sourire qui reflétait aussi sa déception. Une nouvelle fois, l'impression de gâchis ne le quitta pas en sortant de l'hôpital.

Aussi, ce fut très remonté qu'il entra dans le bureau du capitaine qui l'attendait avec Samantha Hicks et son avocat. Il s'assit face à eux, à l'autre bout de la table où ils avaient pris place, et leur adressa à tous un regard noir.

« J'expliquais à Mme Hicks que son fils sortirait gagnant d'une coopération avec la police. Plus vite l'enquête avancera, plus vite il pourra sortir de l'hôpital.

— Je ne suis pas du tout convaincue », objecta la mère du jeune homme — une quinquagénaire aux boucles châtaines, vêtue d'un tailleur hors de prix. « Mon fils souffre de graves troubles du comportement. Il lui arrive de connaître des phases de délire paranoïaque. Il a besoin de soins.

— De soins, peut-être, d'une camisole, certainement pas, rétorqua sèchement le policier.

— Et si le meurtrier le prenait pour cible ?

— Je me chargerai moi-même de sa protection.

— Revivre ces horreurs pourrait provoquer des dégâts irrémédiables.

— Donnez-moi vos coordonnées que je les fournisse aux familles des prochaines victimes. Vous leur expliquerez ainsi que vous n'avez pas levé le petit doigt pour empêcher de nouveaux drames. »

Samantha Hicks laissa échapper un hoquet outré.

« Je ne cherche qu'à protéger mon fils.

— Je n'en doute pas, madame », tenta de tempérer le capitaine en jetant un regard en coin à son enquêteur. « Mais le lieutenant Harper a raison. Plus nous tergiversons, plus nous risquons de voir s'ajouter des victimes au tableau de chasse du tueur. Il nous faut votre coopération.

— Vous ne pouvez pas mettre une pression pareille sur les épaules de ma cliente. C'est le rôle de vos services de stopper cet assassin, pas celui de Mme Hicks.

— C'est le rôle de Mme Hicks de faire en sorte que son fils soit innocenté, et de le réhabiliter dans la société », revint à la charge Harper, qui n'en démordait pas. « J'ai besoin de lui.

— Et que deviendra-t-il quand vous aurez clos ce dossier ?

— Un homme libre », asséna-t-il avant de mettre fin à la discussion en se levant et en quittant la pièce.

Il préférait se concentrer sur Myles pendant que Fisher poursuivait les pourparlers. Depuis sa dernière entrevue avec le professeur, il ne pouvait s'empêcher de penser qu'il y avait un lien entre eux deux, que leurs retrouvailles ne pouvaient pas être une coïncidence et que cela devait aussi concerner l'Afghanistan.

Deux ans plus tôt, au cours d'une opération qui avait mal tourné, les Talibans l'avaient capturé, puis séquestré dans une grotte, qu'il n'avait quasiment pas quittée. Il y avait vécu un enfer. Persuadé que l'embuscade dans laquelle il était tombé avait été commanditée et qu'on l'avait trahi, mais aussi qu'il ne reverrait jamais le jour ni son pays. Persuadé de devenir fou, ainsi privé de ce que ses sens réclamaient, tandis que son cerveau tournait en boucle autour des mêmes pensées morbides.

À son retour, il avait tout fait pour oublier cette expérience traumatisante, se plongeant dans le travail pour chasser ses démons. Et voilà qu'ironie du sort, une enquête le ramenait à cette époque de sa vie.

Myles faisait partie de l'équipe de Hicks en

Afghanistan et avait participé aux fouilles, avec quatre autres étudiants. Deux d'entre eux travaillaient actuellement à l'étranger. Il restait Penelope Jensen, qui habitait en Californie, s'était mariée et attendait une petite fille. Pas vraiment le profil. Et Stephen Bridgeman, qui avait remplacé Hicks au poste que ce dernier occupait à l'université de Pennsylvanie. Pour en avoir le cœur net, le lieutenant l'appela pour l'interroger, car il était en déplacement à Boston.

« *Effectivement, je me souviens très bien de Myles. Un type un peu bizarre, toujours sur la réserve et qui suivait le professeur Hicks comme un petit chien. Il avait des occupations malsaines.*

— Du genre ?

— *Les nécropoles, c'était vraiment son truc. Un jour, on l'a retrouvé endormi dans l'une des tombes situées au fond d'une galerie creusée au pied de la montagne. Sans la moindre lumière : il avait rampé jusque-là dans le noir le plus complet ! Je veux dire, quel type va s'enterrer vivant dans ce genre d'endroit pour se donner le grand frisson ?* »

Le front de Harper se plissa. Pas lui, en tout cas. Pas après ce qu'il avait vécu. Pas avec sa claustrophobie.

« Avez-vous eu de ses nouvelles après l'incident avec le professeur ?

— *Non, aucune. Il n'a pas non plus publié*

d'article, j'ignore même s'il a finalement passé son doctorat dans une autre université. »

Voilà qui ne me mène nulle part, soupira l'enquêteur après avoir raccroché. Il jeta un coup d'œil en direction du bureau du capitaine. Celui-ci ouvrit la porte, ~~et~~ raccompagna Samantha Hicks et son avocat jusqu'à l'ascenseur. À son retour, il fit signe à Harper qui le rejoignit.

« La mère n'a rien voulu entendre. Je lui ai proposé une médiation auprès du juge Fitzralph demain matin. En présence de son fils.

— C'est déjà un bon début, considéra Dave.

— On n'a rien, aucun indice. Tu crois réellement que le gamin peut t'aider ?

— Je ne te demanderais pas de te démener autant, sinon. Il faut qu'on continue de creuser du côté de Myles. Il a disparu de la surface de la terre après l'agression. Certes, ça ne fait pas de lui un meurtrier, mais ses anciens collègues s'accordent pour dire qu'il avait un comportement bizarre. À cause du décalage horaire, je dois attendre qu'il fasse jour à San Diego pour appeler Penelope Jensen, mais je doute qu'elle me dresse un portrait différent du suspect. On manque de ressources et de temps.

— Je peux appeler un copain au bureau fédéral. Il restera discret », assura Fisher devant la moue dubitative du policier. « Je n'ai pas non plus envie de voir le FBI rappliquer sur cette his-

toire, mais il pourra creuser dans certaines direc-
tions et nous rapportera peut-être quelque chose.

— Une autre victime ?

— Ne sois pas si pessimiste. Tout le monde
est sur le coup. Et puis tu travaillais très bien
seul, jusqu'à présent, pourquoi t'encombrer
d'un consultant qui sort de l'asile ? »

Harper se raidit en entendant de tels propos
dans la bouche de son capitaine. Il pivota sur
ses talons et retourna récupérer sa veste.

« Eh ! Harper ! Ne te mets pas dans des états
pareils ! » s'exclama Fisher, mais David choisit
de ne pas répondre. Il ignorait s'il réussirait à
garder son calme.

Sa réaction, toutefois, le fit réfléchir alors
qu'il était au volant de son pickup. Pour tout
dire, il ne comprenait pas non plus pourquoi il
souhaitait tellement travailler avec Hicks. Il
préférait enquêter en solo. Ses quelques tentatives avec un partenaire n'avaient guère donné
de résultats probants, à commencer par la dernière : il avait fini par l'épouser et ça s'était
soldé par un divorce. Helen avait déménagé à
Baltimore, ils s'appelaient de temps en temps.
Voilà à quoi se résumait sa vie amoureuse. Difficile de gérer la cohabitation avec une autre
personne quand on était aussi hypersensible
que lui – d'aucuns diraient hyper-acariâtre. La
moindre mauvaise habitude devenait vite in-

supportable. Il s'était transformé en ours, ne tolérant une femme dans son antre que pour quelques nuits, tout au plus. Pour l'instant, ça lui convenait très bien comme ça. De toute façon, elles finissaient toujours par parler projets, maison, enfants, de quoi le pousser à prendre la fuite. Il n'en restait pas moins que cette solitude lui pesait, par moments.

Coincé dans la circulation, il observait d'un air distrait les couples qui marchaient, main dans la main, sur le trottoir d'en face. S'investir dans une relation, amicale ou autre, lui coûtait plus souvent qu'elle ne lui rapportait. Il avait fini par limiter ses rapports avec les autres aux collègues, à son père et aux anciens camarades de l'armée qu'il revoyait de temps en temps. Mais en dehors de ça, il préférait garder ses distances. Alors se coltiner un partenaire, ça ne lui ressemblait vraiment pas. Encore plus un civil qui n'aurait aucune idée des procédures et qu'il perdrait un temps considérable à briefer.

Dave se rendit à l'université et interrogea des employés, autant sur Myles que sur Hicks. On sous-estimait souvent la quantité d'informations que pouvaient fournir les personnels administratifs, les femmes de ménage, les jardiniers... Myles n'avait pas laissé un souvenir impérissable, tout juste certains témoins lui rapportèrent-ils qu'il se montrait froid, distant, parfois même désagréable. Hicks, en revanche, remportait tous les suffrages. Personne ne l'avait oublié, on espérait son retour, on le couvrait d'éloges.

David rentra ensuite à son appartement et poursuivit ses recherches sur les rituels funéraires, essayant ainsi d'anticiper les prochaines actions du meurtrier. Mais autant dire qu'il cherchait une aiguille dans une meule de foin. La momification, la crémation, l'inhumation, la manière de traiter les défunts, les cérémonies de deuil étaient si diverses que cela fournissait au serial killer un large catalogue de pratiques dans lesquelles il pouvait puiser à loisir. Impossible de déterminer où, comment et surtout quand il frapperait. Ses recherches lui apprirent par ailleurs qu'au Tibet, les funérailles célestes faisaient aussi appel aux vautours pour « évacuer » les corps. Toutefois, Harper considérait l'idée de Hicks comme la bonne pour deux raisons : les deux spécimens du zoo de la ville – qui appartenaient bien à une espèce originaire de Turquie –, et la proximité avec l'Afghanistan.

Il revenait toujours à cette idée et ça le tracassait.

Il appela l'institut médico-légal avant la fermeture, demanda un rendez-vous pour pouvoir examiner les ossements. Son sens du toucher, s'il ne faisait pas de caprice, pourrait peut-être lui révéler des choses qui auraient échappé au légiste. Il cala son rendez-vous peu après celui avec le juge, en espérant que Hicks serait là pour l'accompagner. Non, décidément, cette idée de travailler avec cet homme ne le quittait pas. Étrange fixation, tout de même. Son esprit vif pouvait-il expliquer à lui seul l'intérêt que le policier portait à l'ancien universitaire ? Ses déductions, en tout cas, s'étaient révélées pertinentes. Dave n'approuvait pourtant pas l'ingérence de certains civils dans les enquêtes policières. Mais pouvait-il vraiment faire l'impasse sur l'expertise du jeune homme dans le cas qui le préoccupait ? Hicks se trouvait au cœur de cette affaire. L'avoir à ses côtés lui permettrait sans aucun doute de la résoudre plus rapidement.

Chapitre 3

Le professeur arriva le lendemain matin sous bonne escorte. Deux infirmiers de l'hôpital psychiatrique l'encadraient comme s'il était un criminel, et le juge Fitzralph s'agaça de cette attitude – ce qui commençait plutôt bien, se disait Harper. Hicks, même s'il semblait, ce jour-là, avoir du mal à fixer son attention, répondait posément aux questions, insistait sur le fait qu'il avait à cœur d'aider la police, reconnaissait que son comportement envers Myles avait dépassé les bornes, confirmait qu'il faisait encore des cauchemars à propos de ce qui s'était passé, mais qu'aucune crise grave n'était survenue depuis des mois. Dès que sa mère protestait, il ne la contredisait pas directement, mais insistait sur le fait qu'elle souhaitait le protéger, cependant qu'il était temps pour lui de sortir de sa coquille.

« Je ne dormirai plus jamais tranquille si je sais que ce meurtrier court toujours. J'ai besoin qu'on l'arrête pour pouvoir me reconstruire, et je sais que je peux apporter une aide significative au lieutenant Harper si on m'en laisse la possibilité. »

La question de la sécurité du jeune homme fut aussi évoquée. Le capitaine promit de tout mettre en œuvre pour l'assurer avec les meilleurs moyens possibles. Ce fut là qu'à sa grande surprise, David suggéra une alternative :

« Je veillerai moi-même sur le professeur Hicks, et je propose de l'héberger pendant toute la durée de l'enquête. Je comprends qu'en de telles circonstances, il ne puisse pas envisager de retourner chez lui ni même de loger à l'hôtel. »

Le juge se tourna vers Mme Hicks.

« Que pouvez-vous exiger de plus, à moins de vouloir faire obstacle à une enquête en cours ?

— Mon fils suit un traitement, le lieutenant Harper peut-il me garantir qu'il saura faire en sorte qu'il continue de le prendre pendant la durée de ses investigations ?

— Ton fils peut parler pour lui-même, intervint le professeur, et te promettre qu'il saura se montrer raisonnable. Maintenant, maman, ça suffit ! Ne me laisse pas continuer à porter ce fardeau sans pouvoir m'en débarrasser ! » réagit-il avec dureté.

Fitzralph leur demanda ensuite de sortir. Dans le couloir, Hicks tenta une nouvelle fois de convaincre sa mère du bien fondé de sa décision. Les deux gorilles veillaient à bonne distance, comme s'ils étaient persuadés que l'ancien chercheur allait sauter à la gorge des autres personnes présentes. *C'est parfaitement ridicule*, se disait David en rongeant son frein. Au bout d'un moment, l'ancien universitaire vint s'asseoir à côté de lui. Quand les infirmiers firent mine d'intervenir, le lieutenant leur lança un regard d'avertissement.

« Je ne pensais pas que vous feriez une proposition pareille. J'ignore ce que le juge décidera, mais je voulais vous remercier pour votre confiance.

— Pas de quoi, répondit Harper, gêné.

— J'imagine que ça ne serait pas évident pour vous d'accueillir un étranger.

— Pourquoi dites-vous ça ?

— Votre comportement général laisse à penser que vous êtes plutôt du genre solitaire, je me trompe ? À notre première entrevue, il m'a sauté aux yeux que vous n'aviez pas d'équipier, j'en déduis donc que vous préférez travailler seul. C'est... euh... fréquent chez les gens comme vous.

— Comme moi ? »

Harper se demandait comment il devait le prendre.

« Désolé, battit aussitôt en retraite un Hicks penaud, je ne voulais pas me montrer grossier. Vous m'intriguez et j'oublie souvent que ma curiosité peut mettre les gens mal à l'aise.

— Y a pas de mal. »

De nouveau, les mains du professeur tremblaient et ses jambes semblaient prises de mouvements irrépressibles.

« Les neuroleptiques ont des effets secondaires, expliqua-t-il devant l'air consterné de l'enquêteur.

— Alors pourquoi continuez-vous de les prendre ? » souffla-t-il.

La porte du bureau du juge s'ouvrit au même moment.

« Vous pouvez entrer, les invita Fitzralph, avant de leur faire part de sa décision. Les circonstances m'amènent à prendre en considération la demande de la police et à les autoriser à faire appel aux services du professeur Hicks dans le cadre de leur enquête. À l'issue de celle-ci je prendrai une décision définitive quant à sa remise en liberté. Lieutenant Harper, puisque vous l'avez proposé, vous veillerez à la sécurité du professeur et vous l'hébergerez. Mme Hicks pourra nommer le psychiatre de son choix, afin que ce dernier puisse procéder à un bilan régulier de son fils, s'assurer ainsi du suivi du traitement et de ce que la pression inhérente à une enquête criminelle ne nuise pas à sa santé. Je vous remercie. »

En sortant du tribunal, Samantha Hicks interpella Harper.

« S'il arrive quoi que ce soit à mon fils, je vous en tiendrai personnellement responsable. »

Resté un peu à l'écart pour respirer à loisir cet air de liberté, le jeune homme n'entendit pas ces propos. Il regarda avec soulagement les deux sbires de l'hôpital repartir bredouilles, avant de se tourner vers David.

« Par où commence-t-on ?

— Si vous vous sentez d'attaque, par les lieux du premier crime ?

— Ça me va », répondit Hicks avec un sourire qui cachait mal sa nervosité.

Il grimpa dans le pickup et garda le silence pendant le trajet, contemplant la ville comme s'il ne l'avait jamais vue.

Une fois dans la ruelle, le policier le laissa procéder à sa guise : il souhaitait ne pas compromettre ses découvertes en orientant ses recherches. Avec des gestes prudents – parfois même hésitants –, Hicks examina la place de fond en comble et s'arrêta soudain devant un mur de briques, l'air incertain.

« Eh bien ? s'enquit Harper qui ne comprenait pas ce qui pouvait l'intriguer.

— Vous avez vu ces marques ? »

Il y avait bien des graffitis et des symboles géométriques rassemblés sur une petite surface. Mais où l'ancien universitaire voulait-il en venir ?

« Prenez-les en photo, en zoomant au maximum. Bon sang, je n'aurais jamais cru que mon portable me manquerait dès ma sortie ! »

Il s'empara de l'appareil, car Dave ne voyait pas très bien ce qu'il voulait photographier. Malgré son excellente vision, il avait tout d'abord pris ces inscriptions pour des défauts dans le mur, mais, en les observant plus attentivement, il réalisa qu'elles ressemblaient à des symboles très anciens.

« Je n'y connais rien, mais on dirait...

— Des pictogrammes... J'aurais besoin de le confirmer par quelques recherches, mais je pense que c'est du sumérien.

— Dans une ruelle de Philadelphie ?

— Voilà pourquoi je suis persuadé qu'il s'agit d'un indice. »

Harper ne put s'empêcher de toucher le mur du bout des doigts. Cela parut interpeller le consultant.

« Qu'est-ce que vous faites ?

— Ce n'est pas très profond, gravé à la hâte, mais le trait est sûr.

— Vous arrivez à sentir ça ? s'étonna Hicks.

— Oui, je vous expliquerai. Mais avant ça, je dois passer à l'institut médico-légal. J'ai pensé qu'examiner de plus près les os de la seconde victime serait une bonne idée. On ira ensuite au zoo. Si ça se trouve, nous y découvrirons des inscriptions identiques.

— Il me faudra du temps pour les déchiffrer, je ne suis pas spécialiste. Mais quelqu'un pourra nous aider, si votre hypothèse est bonne. Promis, vous me direz comment vous faites ? insista le professeur en s'installant dans la voiture.

— Ça n'a rien d'extraordinaire, un truc de flic », se rétracta Dave, se demandant soudain si c'était une bonne idée.

« À d'autres ! » s'exclama le jeune homme, guère convaincu.

Il n'insista cependant pas davantage.

À l'institut, ils examinèrent les ossements. Si l'anthropologue resta sur sa faim, le lieutenant, lui, trouva ce qu'il cherchait : des marques identiques à celles de la ruelle sur les os des tibias. Le légiste les avait effectivement remarquées, mais il lui avait fallu des examens poussés pour cela, rien ne se voyait à l'œil nu, assura-t-il aux deux enquêteurs. Dave ne lui laissa pas le temps de s'étonner plus que cela et exigea une copie des radios sur lesquelles apparaissaient les pictogrammes. Il se rendit ensuite avec Hicks au commissariat pour examiner ces indices de plus près.

Connor roucoula en découvrant le beau professeur et se proposa même de leur apporter du café. Brown interrogea leur invité sur son parcours pour comprendre comment il avait pu devenir enseignant aussi jeune – Hicks lui révéla qu'il détenait un Q.I. très élevé, sans toutefois fournir d'indication plus précise. Ferguson se contenta d'un salut à distance, le capitaine vint se présenter pour s'assurer que le nouveau consultant disposait bien de son badge et avait signé les papiers l'autorisant à collaborer avec Harper.

Les deux hommes purent enfin se mettre au travail. Les recherches de Hicks lui permirent de déterminer précisément à quelle écriture appartenaient les pictogrammes. Il avait vu juste concernant les Sumériens, mais il dut confier la traduction à une spécialiste de New York à qui il adressa une copie des relevés, sans toutefois préciser à quelle affaire cela se rapportait. Fisher les informa que son contact au FBI était sur les traces de Myles, avant de quitter le bureau pour se rendre sur une autre enquête.

« Ça va ? » demanda le lieutenant en voyant Hicks blêmir tout d'un coup. Ce dernier ne lui répondit pas, pencha la tête en avant, les coudes appuyés sur les genoux, en respirant profondément.

« J'ai triché, ce matin, je n'ai pas pris la totalité de mon traitement. Il me fallait tous mes esprits. Les syndromes du sevrage se font ressentir. J'ai envie de vomir.

— Je vous emmène aux toilettes. »

Avec douceur, il aida le jeune homme à se lever.

« Ça va ? s'inquiéta Connor en les voyant tous les deux dans le couloir.

— T'inquiète, je m'en occupe. »

Dès qu'ils eurent franchi la porte, Hicks, soulevé par des haut-le-cœur, fonça vers la première cuvette. Dave le rejoignit pour s'assurer qu'il s'en sortait.

« Vous n'êtes pas obligé d'assister à ça », marmonna le professeur en essayant de se redresser, avant de s'asseoir, épuisé.

« On est sur le même bateau, prof, affirma Harper en s'accroupissant devant lui. Vraiment, vous devriez arrêter de prendre ces trucs. Vous n'êtes pas dingue.

— Non ? J'ai agressé un de mes élèves sans raison. Je suis entré comme une furie dans l'amphithéâtre bondé et je me suis jeté à sa gorge. Ils ont dû s'y mettre à cinq pour me faire lâcher prise.

— Vous étiez malheureux, furieux d'avoir perdu un être aimé. Mais dingue... » Harper secoua la tête. « Certainement pas. »

Le lieutenant se redressa et tendit la main au professeur pour l'aider à se mettre debout. Il lui accorda ensuite quelques minutes pour se rincer le visage. Quand Morgan Hicks sortit des toilettes, Dave l'attendait avec une boisson prise au distributeur. Le jeune homme le remercia d'un sourire avant de retourner à ses recherches.

***

Il était tard. Harper et Hicks travaillaient toujours sur leurs indices, entre deux boîtes de pizza et après plusieurs tasses de café. Dave se frotta les yeux. Sa vue s'embrouillait, il avait relu trois fois la même phrase sans que celle-ci n'ait de sens. Il était à bout.

« On devrait rentrer, suggéra le professeur. Une bonne nuit de sommeil nous éclaircira les idées. »

Dans l'après-midi, un coursier était venu déposer un sac de voyage et une enveloppe pour Hicks de la part de sa mère. Elle était passée à son ancien appartement afin de rassembler quelques affaires. La lettre comptait au moins quatre pages, L'ancien universitaire la jeta sans la lire. Il fut plus heureux de découvrir un téléphone portable mais soupira en voyant quels numéros figuraient dans le répertoire.

« Ma mère, mon psy, l'hôpital... Charmant », grimaça-t-il dans la voiture qui les conduisait à l'appartement de Harper. « Wow ! C'est immense ! commenta-t-il dès qu'il eut franchi le seuil. Je ne pensais pas qu'on pouvait trouver une hauteur de plafond pareille à Philadelphie. Et vous avez une très belle vue.

— J'aime avoir de l'espace », expliqua Dave avant de le guider jusqu'à la chambre d'amis. Puis il lui montra la salle de bains. Le professeur sembla ravi de pouvoir prendre une douche. David en profita pour vérifier ses messages.

« Comment un ancien militaire ou un policier peut-il s'offrir un endroit aussi incroyable ? »

revint à la charge son invité une fois de retour. Dave soupira. Le moment de vérité était arrivé.

« J'ai été retenu en otage pendant deux ans en Afghanistan. »

Son invité resta coi, les yeux écarquillés. Le mot "otage" suscitait toujours la même curiosité. Harper avait fini par se taire à ce propos pour éviter de subir la pitié qui accompagnait toujours cette réaction. Aussi ne comprenait-il pas pourquoi il se confiait à cet homme qu'il connaissait à peine.

« Durant toute cette période, poursuivit l'enquêteur, l'armée à continuer de me verser ma solde et m'a aussi accordé une indemnité à mon retour. Évidemment, quand on est prisonnier au fond d'une grotte dans une vallée de l'Hindukush, on n'a guère le loisir de dépenser son argent.

— Je... je comprends, commenta le professeur après que Harper se fut tu. Et vous vous en êtes sorti comment ?

— J'ai pu m'évader pendant un transfert. Une famille afghane m'a recueilli et a prévenu les autorités. L'armée m'a ensuite rapatrié et jugé inapte à reprendre le service du fait de syndromes post-traumatiques. Comme je ne sais pas faire grand-chose, je me suis engagé dans la police.

— Sacrée histoire ! »

Hicks paraissait sidéré.

« Vous êtes un héros.

— Je suis un survivant, rectifia Dave.

— Votre claustrophobie s'explique, du coup. De même que vos sens...

— Mes sens ?

— Oui, vous avez pu détecter la présence des pictogrammes au toucher. C'est stupéfiant ! Durant votre captivité, on... on vous a privé de lumière, n'est-ce pas ?

— En effet, reconnut le lieutenant.

— Votre cerveau a dû se raccrocher à toutes les informations disponibles pour ne pas sombrer, s'anima Hicks. Vos sens se sont amplifiés pour pouvoir détecter le moindre son, la moindre odeur. Les non-voyants développent ce genre de capacités, ça n'a rien d'étonnant. Mais comme vous y voyez, cela s'est ajouté à votre vue, qui, dans l'obscurité, a dû aussi s'accroître. Logiquement, ces phénomènes auraient dû se résorber, vu que vous n'en aviez plus l'utilité, mais comme vous êtes devenu flic et qu'ils vous servent dans vos missions, ils se sont maintenus à un niveau très élevé. C'est extraordinaire ! s'extasia-t-il encore.

— Pas tant que ça, réfuta Harper avec une grimace. Parfois, ils se détraquent, ils m'emportent comme un tsunami, me font ressentir des choses totalement inutiles et je n'arrive pas à les canaliser.

— Vous pourriez apprendre. Des exercices de méditation, peut-être un peu d'hypnose.

— Holà ! je vous arrête tout de suite. Pas de ça pour moi, merci bien. »

Le policier s'était levé pour battre en retraite.

« Ne vous braquez pas. Ça ne fera pas de vous une espèce de... de...

— Rintintin ? »

Hicks pouffa.

« Non, je n'irai pas jusque-là. J'allais plutôt dire Superman. Loin de moi l'idée de vous comparer à un chien.

— Tant mieux. Je suis fatigué. Je vous souhaite une bonne nuit.

— Mais... »

Dave avait déjà grimpé quatre à quatre les marches qui conduisaient à la mezzanine où se trouvait sa chambre.

« On en reparlera plus tard, prof ! lança-t-il une fois à l'abri.

— Comme vous voulez. Bonne nuit », souffla son invité.

Le lieutenant entendit le savant refermer la porte de sa propre chambre et se coucher, avant de s'allonger en contemplant le plafond. Finalement, ça ne s'était pas si mal passé, même si l'enthousiasme du petit génie le mettait pour le moins mal à l'aise. La pitié dans le regard des gens quand ils apprenaient ce qui lui était arrivé le mettait en colère. Il n'aimait pas se sentir comme un animal de foire. Voilà pourquoi il avait toujours caché ses facultés à son entourage, en commençant par ses collègues. Il espérait que Hicks saurait garder sa langue. Ce gosse avait le don de mettre les pieds dans le plat. *Ça promet pour la suite*, se morigéna Harper en espérant qu'il ne regretterait pas son choix, et que cette enquête ne le conduirait pas à mettre en jeu tout ce à quoi il tenait. Il n'avait que son boulot. Flic il était, et pas rat de laboratoire !

***

La nuit ne fut pas bonne, loin de là. D'abord, David n'avait plus l'habitude d'avoir du monde chez lui. Du moins, un représentant du sexe masculin. Hicks ronflait. Il parlait en dormant et il finit même par pousser des hurlements qui firent bondir le policier hors de son lit. Il dévala l'escalier pour entrer dans la chambre et découvrir l'anthropologue en nage et en plein délire, en train de rugir des imprécations contre un agresseur... invisible. Dave s'approcha, mains en avant, en signe d'apaisement.

« Tout doux, prof, calmez-vous. Vous êtes en sécurité. »

L'autre le fixait sans le voir et s'arma de la lampe de chevet qu'il voulut lui balancer au visage. Mais Harper fut plus rapide et intercepta son bras avant qu'il ait pu aller au bout de son geste.

« Hicks ! réveillez-vous, bon sang ! » s'exaspéra-t-il avant de le secouer comme un prunier. Ce traitement de choc eut au moins le succès escompté. Le jeune homme cligna des yeux, une lueur d'intelligence éclaira enfin ses prunelles.

« Que... que s'est-il passé ? »

Harper le relâcha et il se laissa tomber comme une masse sur le matelas.

« Un mauvais rêve.

— Je... je ne me souviens de rien, balbutia le professeur.

— J'ai failli avoir une crise cardiaque, reprocha le lieutenant qui n'appréciait pas vraiment ce genre de réveil.

— Désolé. Je... Je suis désolé. »

David s'en voulut aussitôt pour sa rudesse.

« Non, c'est moi. J'imagine que l'enquête vous travaille, vous aussi. »

Il s'assit à ses côtés.

« Certains crimes particulièrement odieux me donnent aussi des cauchemars, confia-t-il. Une partie de moi a du mal à comprendre qu'on puisse se montrer aussi cruel envers son prochain. J'ai pu voir les Talibans à l'œuvre, massacrer des petites filles de leur propre peuple, ajouta-t-il entre ses dents serrées. Ici, ce sont des maris jaloux qui frappent leurs femmes jusqu'à les rendre méconnaissables, des chefs de gang qui veulent marquer leur territoire, des psychopathes comme celui qu'on recherche qui se prennent pour des artistes ou des anges rédempteurs. Je me dis par moments qu'on devrait tous y passer et qu'on ne mérite pas notre place sur cette Terre. »

Hicks lui jeta un regard en coin. Au temps pour lui redonner le moral ! Aussi, Dave tempéra-t-il ses propos :

« À d'autres, je croise le regard d'une mère reconnaissante à qui je ramène la petite fille enlevée par un prédateur sexuel, ou bien je viens dire à un couple qu'on a retrouvé leur enfant. Mort ou vivant. Le soulagement dans leurs yeux me fait du bien. Et leur peine me rappelle qu'on n'est pas tous des monstres.

— Vous aussi. Vous aussi, vous êtes la preuve qu'il y a des gens bien sur cette planète, précisa le jeune homme devant le regard interloqué du policier. Vous êtes un type bien, Dave Harper. Pas un monstre. Vous donnez même sa chance à un cinglé de prouver son innocence. »

Le lieutenant considéra le professeur un long moment.

« Je vous propose un marché.

— Lequel ?

— Vous arrêtez de dire que vous êtes cinglé et j'éviterai de penser que je suis un monstre. »

Le regard de Hicks alla de la main qu'on lui tendait aux yeux qui le fixaient. Il finit par accepter la proposition.

« Marché conclu. »

Les deux hommes se serrèrent la main. Le contact de la paume chaude contre la sienne surprit et électrisa le policier. Il prolongea cette étreinte sans doute un peu plus que nécessaire et, lorsqu'il la relâcha, il se racla la gorge et s'écarta, gêné. Ses sens lui jouaient-ils un nouveau tour ?

« Tâchez de vous reposer, prof. Une grosse journée nous attend, demain », déclara-t-il tout en battant en retraite vers la porte de la chambre.

Il ne laissa pas le temps au jeune homme de lui répondre et monta quatre à quatre les marches conduisant à la mezzanine. Il guetta encore longtemps les bruits provenant de la chambre d'ami. Bizarrement, se focaliser ainsi sur son invité lui permit de trouver le sommeil, sans qu'aucun autre bruit importun ne vienne le déranger.

CHAPITRE 4

David fut réveillé au matin par une odeur succulente de pancakes. Son estomac grogna, le poussant hors du lit. Quand il descendit, il découvrit Hicks aux fourneaux. Celui-ci déposa une assiette devant lui en le voyant s'asseoir à table.

« Pour me faire pardonner pour hier soir, expliqua le professeur. Je n'avais pas à vous faire la leçon. »

Il versa une longue coulée de sirop d'érable.

« Mais *où* avez-vous trouvé les ingrédients ? s'étonna Harper en s'installant.

— Effectivement, votre frigo m'a fait penser au désert de Gobi... en plus froid, se moqua gentiment le jeune homme. Mais en rentrant, hier soir, j'ai remarqué une épicerie à quelques pas de chez vous. »

Le lieutenant se raidit, le pancake à quelques centimètres de ses lèvres. Il le reposa, l'air tendu.

« Pas la peine de me lancer ce regard noir. Qui sait que je suis ici ? » se défendit Hicks .

Cela ne calma pas tout à fait les appréhensions de l'enquêteur qui ne se priva pas de rappeler quelques consignes de prudence à son invité. Cela fait, il s'autorisa enfin à revenir au délicieux petit déjeuner qui l'attendait.

« Vous en voulez ? demanda-t-il en constatant que le professeur ne touchait pas à ses pancakes.

— J'ai encore des nausées, s'excusa-t-il.

— Vous avez pris vos médicaments ? »

Hicks détourna les yeux. Harper l'attrapa par le bras pour attirer son attention.

« Eh ! Ce n'est pas moi qui vais vous jeter la pierre. Je suis passé par là. Je détestais ces saloperies qu'on me faisait prendre et j'ai fini par les jeter dans les toilettes.

— Le psy de ma mère risque de ne pas être aussi conciliant, et je veux continuer de vous aider. Mais les neuroleptiques m'empêchent de réfléchir correctement et il y a ces tremblements... »

Dave le sentait à bout. Il réalisa aussi qu'il le tenait toujours par le bras et le libéra aussitôt.

« Arrêtez de les prendre. Je suis sûr que ça ira. Et votre psy n'a pas à le savoir.

— Vous risquez d'avoir des ennuis, dans le cas contraire.

— J'assumerai. En tous cas, c'est succulent, changea-t-il de sujet. Vous êtes doué.

— Oui, disons que la cuisine est un de mes hobbies, reconnut Hicks.

— Ça et la traduction de textes anciens ?

— À ce propos... »

Hicks s'empara de son portable.

« Ma collègue a commencé sa traduction. Elle n'a pour l'instant identifié que les noms propres. Cependant, je pense que ça nous sera déjà grandement utile. Mais terminez, je vous en prie. Mes explications peuvent attendre. »

Harper ne se fit pas prier. Il n'avait jamais rien goûté d'aussi bon. Les pancakes étaient subtilement parfumés et fondaient dans la bouche.

« Je ne savais pas si vous aimiez la cannelle, j'ai préféré ne pas trop en mettre.

— C'est parfait. Vraiment, le remercia l'enquêteur en repoussant son assiette. Si je continue comme ça, je vais exploser. Alors, dites-moi, cette traduction ?

— Dans la ruelle, deux noms étaient inscrits : Gilgamesh et Enkidu. »

Dave fronça les sourcils et fouilla dans sa mémoire.

« Ça me dit vaguement quelque chose.

— Ah, oui ? Beaucoup de gens ignorent l'existence de l'épopée de Gilgamesh. C'est un texte très ancien, dont on n'a retrouvé que des fragments. Pour faire court, Gilgamesh était roi d'Uruk, une cité de Mésopotamie, dans le sud de l'actuel Irak, et il avait pour compagnon Enkidu, un homme sauvage, créé à partir de l'argile par la Déesse-mère des Sumériens. Enkidu a d'abord affronté Gilgamesh, que les dieux ne jugeaient plus digne de son trône. Après un combat titanesque, le roi d'Uruk, reconnaissant la valeur de son adversaire, lui jura une amitié éternelle. Mais Enkidu tomba un jour gravement malade et mourut. Désespéré par cette perte, Gilgamesh se mit en quête d'un remède pour soigner les hommes de la Mort. C'est là qu'intervient le deuxième indice, les inscriptions retrouvées sur les os. Cette fois-ci, Nicole a traduit un nom : Utanapishtim, et le mot serpent.

— Je ne suis pas plus avancé, laissa échapper Harper avec une moue dépitée.

— C'est un autre personnage de l'épopée. Il dévoile à Gilgamesh le secret de l'immortalité, à savoir une plante que le héros va récupérer au fond d'un lac ou d'une rivière et qu'il veut rapporter à son peuple », continua le professeur, très animé, ce qui amusa beaucoup Harper. « Mais, au cours de son voyage, il fait une halte, laisse la plante sans surveillance et un serpent s'en empare. Dès qu'il la touche, le serpent connaît sa première mue. La plante meurt, privant les hommes de l'immortalité si chèrement acquise. »

Un silence suivit la conclusion de cette histoire. Le policier réalisa qu'il s'était plus concentré sur Hicks que sur ses propos. Sa gestuelle, sa voix, même la chaleur qui se dégageait de lui. Mince, c'était carrément embarrassant !

« Vous y comprenez quelque chose ? biaisa-t-il.

— Je ne peux pas m'avancer pour l'instant, mais oui... Et si c'est ce que je crains, notre homme n'a pas fini de tuer. »

Les inquiétudes de l'anthropologue se confirmèrent dès la fin de l'après-midi, quand ils furent appelés sur une nouvelle scène de crime. Fisher avait aussi fait le déplacement. Ils découvrirent un bûcher funéraire encore fumant dans la cour d'un des nombreux temples hindous de la ville. Quelques ossements avaient survécu à la crémation, ainsi que des dents et leur plombage. « On a tout juste de quoi l'identifier », constata Brown en regardant les légistes emporter les restes.

« Le bûcher a été conçu pour ne pas tout brûler », confirma l'un des techniciens après avoir examiné le bois calciné qui achevait de se consumer.

« Un souci ? demanda Hicks à Harper qui restait immobile.

— Il cache ses indices de sorte que nous soyons les seuls à pouvoir les trouver, murmura le lieutenant. Moi avec mes sens », ajouta-t-il quand le professeur fut assez près pour être le seul à l'entendre, « et vous avec vos connaissances. Ça ne vous paraît pas bizarre ?

— Bizarre, non, mais flippant... Comment

pourrait-il savoir, pour vous ? Myles ne vous connaissait pas. Enfin, à peine...

— Et s'il avait fait tout ça pour que nous travaillions ensemble ?

— Ensemble ?

— Comme Gilgamesh et Enkidu. Vous le roi d'Uruk et moi... l'homme des bois. »

Un sourire amusé étira les lèvres de l'anthropologue.

« Ce n'est pas très flatteur pour vous. Je pourrais tout aussi bien être l'homme sauvage. Mais d'un autre côté, ça rejoint assez mon sentiment.

— Dans ce cas, quel rôle jouerait Myles ?

— Celui d'Utanapishtim ?

— Il va falloir lui trouver un nom plus facile à prononcer, grommela David.

— L'idée en tous cas, c'est que Myles cherche la clef de l'immortalité.

— En tuant des gens ?

— En offrant des sacrifices à la Mort.

— C'est tordu.

— Je pense que c'est l'idée. Une fois qu'il aura accompli tous les rites funéraires nécessaires, il se suicidera... en espérant gagner ainsi l'immortalité. Et je peux même vous dire de quelle manière : en se noyant. Pour faire référence à Noé, qui a survécu au Déluge, précisa le jeune homme.

— Donc il est suicidaire, mais ne veut pas

partir tout seul. Je déteste ce genre de gars, grinça le policier.

— En grattant un peu, on risque de découvrir qu'il est atteint d'une maladie incurable.

— Intéressant. Ça signifie qu'il a besoin de soins et donc qu'on peut retrouver sa trace.

— Harper, vous savez... Autre chose m'inquiète... »

Mais Dave n'écoutait plus le professeur. Il venait d'entendre une voiture arriver. Une camionnette, pour être plus précis, suivie par des bruits de pas précipités, des chuchotements et...

« Merde... »

L'enquêteur rejoignit son supérieur.

« Les journalistes sont là. »

Fisher le regarda avec surprise avant de voir débouler des reporters, dont une personne que Harper connaissait malheureusement très bien. On braqua une caméra dans leur direction, la journaliste s'empara de son micro et lança :

« Capitaine Fisher ! Est-il vrai qu'il s'agit d'une nouvelle victime du Momificateur ?

— Le quoi ? s'insurgea Hicks. C'est un nom grotesque ! »

Ce faisant, il attira sur lui l'attention d'Abigail Burney. Harper se plaça immédiatement entre elle et le jeune homme.

« Vous n'avez rien à faire ici, Burney. C'est une scène de crime.

— Oh ! À d'autres, Harper. Ce temple est ouvert à tout le monde. »

Le capitaine donnait déjà ses consignes pour qu'on la fasse évacuer. Comme deux agents l'entraînaient vers la sortie, la journaliste s'époumona :

« C'est le Momificateur, pas vrai ? Allez, Dave, dites-moi tout !

— Dave ? releva le professeur.

— Vieille histoire. Mauvais souvenir. Cette fille a les dents trop longues. »

Hicks riait encore sous cape, pendant qu'il cherchait les mêmes indices que sur les précédents sites. Mais cette fois-ci, malgré les efforts déployés, ils ne trouvèrent absolument rien.

Dépités, ils retournèrent au pickup, pendant que l'on terminait de nettoyer le bûcher. Au moment de monter dans la voiture, David remarqua un papier coincé entre le pare-brise et l'essuie-glace. Son expression se figea lorsqu'il reconnut le contenu. Il tendit le document à Hicks, qui s'exclama :

« J'y crois pas !

— Il était là et il n'a pas dû rater une miette de nos agissements. »

Harper balaya des yeux les environs, à la recherche de leur suspect. Sur le mot étaient inscrits d'autres pictogrammes sumériens. Le policier sollicita aussi ses autres sens et détecta l'odeur doucereuse qu'il avait perçue dans la ruelle. Cela orienta aussitôt son attention sur les voitures garées le long de la chaussée.

« Montez », ordonna-t-il au professeur qui ne se fit pas prier. Il démarra doucement, remonta la rue comme si de rien n'était, mais au moment d'arriver à la hauteur du véhicule qu'il avait ciblé, celui-ci déboîta brusquement et leur coupa la route. Hicks, qui n'avait pas eu le temps de boucler sa ceinture, faillit se prendre le tableau de bord et Harper le retint de justesse. Ce faisant, il perdit du temps avant d'écraser l'accélérateur au sortir de son virage pour se lancer à la poursuite du suspect.

Ce dernier roulait à tombeau ouvert, grillant les feux, manquant de peu de percuter deux véhicules qui débouchèrent de part et d'autre de l'avenue. Pour éviter ce genre de soucis, Harper actionna le gyrophare et la sirène, afin d'avertir les automobilistes. Cela ne l'empêcha pas toutefois de devoir piler pour éviter une familiale qui arrivait en sens inverse. Il entendit son passager hoqueter de peur et serra les dents. Entre la sécurité de son témoin et l'arrestation du meurtrier, il devait choisir.

« Foncez ! lui lança Hicks. Ne le laissez surtout pas s'échapper !

— Alors promettez-moi de ne pas vomir dans la voiture.

— Je vais essayer. »

Pied au plancher, Harper fit vrombir les chevaux du pickup jusqu'à rejoindre la voiture qu'ils poursuivaient. Hicks laissa échapper un gémissement, arc-bouté sur son siège, persuadé qu'ils allaient percuter la berline par l'arrière. Mais le conducteur en fuite donna un brusque coup de volant qui l'expédia sur le trottoir, au milieu des piétons. Certains durent bondir sur les capots des véhicules stationnés pour ne pas se faire renverser, d'autres se jetèrent sur la chaussée ou contre les devantures des magasins.

« Je ne te lâcherai pas, tu peux me croire », gronda Harper. Cependant, concentré sur sa cible, il ne vit pas arriver le bus scolaire qui tournait à l'angle de la rue juste devant eux.

« Harper ! »

L'avertissement du professeur suffit à le stopper à temps, mais le suspect, plus audacieux ou carrément inconscient, se faufila entre le bus et les voitures qui le suivaient, pour disparaître ensuite de leur vue. Le pickup, lui, termina sa course à quelques centimètres du transport scolaire. Frustré, le policier frappa son volant en laissant s'exprimer sa colère.

« On aurait pu l'avoir !

— Dieu merci, nous sommes vivants », soupira Hicks, la main sur le cœur, le souffle court.

« Il nous nargue, maintenant. Et il prend de plus en plus de risques.

— Autant dire que vous aussi. »

L'enquêteur ne répondit pas et enclencha la marche arrière pour dégager la chaussée.

« J'ai pu relever la plaque, on va lancer une recherche, en espérant qu'il ne s'agit pas d'un véhicule volé. »

Après avoir transmis l'info aux patrouilles et au central, il confia :

« Il y avait cette odeur. Ça fait deux fois que je la sens. Je n'arrive pas à l'identifier.

— Ça vous évoque quoi ? réagit l'anthropologue.

— Je l'ignore, s'énerva Harper.

— Cette perspective n'a pas eu l'air de vous enchanter quand on en a parlé hier, mais l'hypnose pourrait nous aider. Je suis familier de ce genre de pratiques, il m'arrivait de m'auto-hypnotiser pour diverses raisons. On devrait peut-être essayer. »

Le policier se donna le temps de réfléchir. Il était vraiment à court d'option.

« D'accord. Retournons au commissariat.

— Il nous faut un endroit calme. Votre appartement conviendrait mieux. »

La sonnerie du portable de Harper interrompit leur discussion. La voix du capitaine se diffusa dans les haut-parleurs du pickup.

« *Le psy envoyé par Mme Hicks attend dans la salle de réunion,* les informa Tobias. *Merci de lui donner un numéro de téléphone auquel il pourra vous joindre à l'avenir. Je ne suis pas standardiste*, pesta encore Fisher.

— On va devoir remettre ça, prof, conclut le lieutenant après avoir raccroché.

— Ma mère ne perd pas de temps », grommela le jeune homme.

Harper préféra taire ses commentaires, mais il partageait ce sentiment.

L'entretien avec le psy dura deux heures que David mit toutefois à profit pour faire des recherches auprès des hôpitaux qui traitaient les maladies comme le cancer, afin de tenter de localiser Myles. Comme il le craignait, l'immatriculation qu'il avait relevée conduisait à une impasse, et une patrouille avait retrouvé la voiture volée à Cooper Point : elle terminait de brûler. La recherche d'indices ne donnerait certainement rien.

La porte de la salle de réunion s'ouvrit soudain à toutes volées.

« Et dites à ma mère que je n'ai pas besoin qu'elle me materne comme si j'étais un gamin de six ans ! Je vais bien ! Je me sens beaucoup mieux que dans cet horrible hôpital où vous rêvez de me voir retourner, docteur ! »

Hicks déboula ensuite dans les bureaux, visiblement hors de lui.

« Un souci, prof ?

— À part les questions stupides de ce fichu psy ? Non, vraiment, tout va bien. »

On vit l'intéressé se glisser en catimini jusqu'à l'ascenseur. David ne se priva pas de le suivre du regard, histoire de lui faire comprendre qu'il n'était pas le bienvenu dans les locaux.

« Owen Latimer est un ami de ma mère. Ils ont certainement couché ensemble. Imaginez comme il peut se montrer objectif ! commenta le jeune homme avec dépit. Son but est de me faire réintégrer l'hôpital au moindre signe de psychose. Il a essayé de me convaincre que j'étais sous votre influence et que mon raisonnement à votre propos était biaisé.

— Il a parlé de moi ? s'étonna le lieutenant en haussant un sourcil.

— Parler n'est pas le terme approprié. Il a plutôt déversé son fiel en vous définissant comme un sinistre individu capable de mettre en danger mon équilibre mental. Il en a plus après vous qu'après le type qui a tué Maya ! »

Harper attrapa sa veste et se leva.

« Venez, on va aller faire un tour, ça vous aidera à vous calmer. »

Hicks lui adressa un regard peu convaincu avant de le suivre.

Le jeune homme mit tout de même un bon moment avant de cesser de ruminer. Ses tremblements l'agitaient de nouveau. Harper le regarda se débattre pour reprendre le contrôle. Ils marchèrent dans Penn Treaty Park et le grand air finit par jouer sur les nerfs de Hicks, qui se calma peu à peu.

« Merci, j'en avais besoin, reconnut-il en s'installant sur un des bancs qui faisaient face au fleuve Delaware.

— Vous pensez que ça sera assez calme, ici, pour tenter votre truc ? »

Le professeur le considéra un moment, s'interrogeant sans doute sur son propre état pour mener l'expérience à bien.

« On peut toujours essayer. J'espère ne pas avoir perdu la main. Asseyez-vous face à moi. »

Harper obéit. Toutefois, quand l'ancien anthropologue prit ses mains dans les siennes, il ne put réprimer un sursaut. Heureusement, Hicks ne s'en formalisa pas.

« Avec vos sens qui peuvent s'emballer, j'ai besoin de vous ancrer. Le toucher et l'ouïe seront de bons outils, plus pratiques que les deux autres. Pour l'odorat... euh... je laisse ça à votre discrétion. »

Le policer opina.

La voix du professeur le guida tout au long du processus. Il était conscient à la fois de la présence de Hicks, de celles de quelques badauds au loin, du fleuve tout proche et de l'activité ambiante. Tous ses sens étaient en éveil, sans que cela soit perturbant.

« À présent, revenez dans la ruelle et souvenez-vous de l'odeur dont vous m'avez parlé.

— J'y suis, s'entendit répondre le lieutenant d'une voix atone.

— Très bien. Cette odeur vous est-elle agréable ou désagréable ?

— Agréable.

— Familière ?

— Oui.

— Laissez votre odorat guider vos souvenirs, ne luttez surtout pas. Accrochez-vous à ce sentiment agréable. »

Harper se retrouva aussitôt plongé des années auparavant.

Il faisait nuit. Il était étendu sur un lit plutôt sommaire. Un homme pansait ses blessures. Il reconnut son visage. C'était le père de famille qui l'avait secouru en Afghanistan. Il tenait une petite boîte à la main et frottait à l'intérieur le tissu qu'il appliquait ensuite sur les blessures. Le policier s'entendit demander en *dari¹* :

« Qu'est-ce que c'est ?

— De la myrrhe. »

Durant sa captivité, on l'avait brûlé, fouetté, poignardé. Les plaies ne manquaient pas, certaines suppuraient sous des pansements crasseux. Mais à présent, la sensation du baume sur sa peau était plaisante, rafraîchissante, apaisante.

¹ Dialecte afghan.

Trop faible pour parler davantage, le militaire se laissa aller en arrière.

« Vous êtes en sécurité. Mon fils est parti chercher de l'aide. En attendant, vous resterez ici. Surtout, ne faites aucun bruit. Je reviendrai vous voir un peu plus tard. »

L'homme quitta la pièce par une porte cachée et David s'endormit. Puis la voix du professeur le rappela à la réalité et, à la fin de son décompte, le lieutenant ouvrit les yeux.

« De la myrrhe ? répéta Hicks. C'est intéressant. Peu commun, en tous cas. On l'utilise en pharmacologie, je crois, mais je dois vérifier dans quel domaine précisément. »

Il passa les minutes suivantes à effectuer une recherche sur son téléphone.

« Des chercheurs ont mentionné la myrrhe dans la lutte contre le cancer, notamment le cancer... de la prostate. Ça collerait avec notre idée, non ?

— En tout cas, ça peut nous permettre de resserrer nos investigations pour retrouver Myles, approuva l'enquêteur. Bravo, prof !

— Morgan.

— Quoi ?

— Je préfèrerais Morgan plutôt que prof. Et moi je vous appellerai David... ou Dave ? Qu'en dites-vous ?

— OK... prof.

— Vous le faites exprès », grogna Hicks en se levant pour suivre le policier.

Il ne vit pas sourire Harper. Celui-ci voulait bien le reconnaître, il aimait l'asticoter.

Chapitre 5

La piste de la myrrhe se révéla plus probante qu'attendu. Elle mena David jusqu'au Einstein Medical Center, qui confirma avoir engagé un protocole expérimental impliquant des patients atteints d'un cancer de la prostate. Et l'un des volontaires correspondait au signalement de Myles.

« Tu vois, on se rapproche, se réjouit-il auprès de son invité, alors qu'ils terminaient de dîner à l'appartement.

— Tu te rends compte quand même que c'est grâce à tes capacités. Tu pourrais réaliser des choses extraordinaires en apprenant à les maîtriser correctement !

— Tu ne lâches pas le morceau, maugréa David.

— Grâce à toi, je suis plus près de la liberté que je n'aurais jamais pu l'espérer avant notre rencontre. Alors oui, j'aimerais te voir prendre confiance en toi et utiliser ce potentiel, au lieu de le rejeter.

— Très bien, j'y réfléchirai. De toute manière, je ne peux pas m'en débarrasser.

— Ce serait absurde ! s'insurgea Hicks.

— Ce serait surtout diablement pratique : l'allumer et l'éteindre en fonction de mes besoins.

— C'est ce que t'apportera peut-être le contrôle. Philly[2] compte déjà de nombreux trésors, t'ajouter à cette liste serait formidable. »

Harper se sentit estomaqué par ce compliment.

« Merci, prof... Morgan », rectifia-t-il devant l'air réprobateur du jeune homme, qui avait insisté pour qu'ils s'appellent désormais par leurs prénoms.

« Je vais tâcher de mon côté de t'octroyer une bonne nuit de sommeil en évitant un nouveau cauchemar.

— Si tu pouvais aussi éviter de ronfler, murmura Harper pour lui-même.

— Pardon ?

— Non, non, rien.

— Je n'ai pas ta super oreille, mais j'ai parfaitement entendu. »

Embarrassé, Dave se frotta l'arrière du crâne.

« Je suis un ours. J'ai du mal à m'habituer à la présence des autres, s'excusa-t-il avec un rire gêné.

— Je comprends. Dès que cette affaire sera résolue, je retournerai dans mes pénates. »

Bizarre, songea Dave au cours d'un moment

2 Diminutif de Philadelphie.

d'insomnie. Cette perspective n'éveillait pas chez lui de réel enthousiasme. La soirée avait été plutôt agréable, Hicks chassant ce moment de malaise en le régalant de récits sur ses pérégrinations à travers le monde. Si le policier avait aussi voyagé quand il était militaire, ses destinations s'étaient limitées à l'Irak et à l'Afghanistan, avec un transit par l'Italie dont il avait apprécié la culture au cours de ces escales. Mais Morgan, lui, avait voyagé en Amérique du Sud, en Afrique, en Asie. Quand Harper s'était étonné que, issu d'une famille fortunée, il ait choisi d'exercer malgré tout un métier, le professeur s'était offusqué :

« J'avais besoin de sortir des jupes de ma mère. Elle a toujours détesté que je voyage autant. Au départ, j'avais pensé ouvrir un restaurant – je t'ai parlé de ma passion pour la cuisine.

— Qu'est-ce qui t'as fait changer d'avis ? »

Le jeune homme avait éclaté de rire.

« Une fille. J'en étais raide dingue et je l'ai suivie quand elle s'est inscrite à l'université. Elle a abandonné entre temps, mais moi j'avais pris goût à l'anthropologie. Après tout, la cuisine reflète aussi la culture à laquelle elle appartient, et le comportement humain ne cesse de me fasciner. Sans doute parce que j'ai mis très longtemps à en saisir les règles.

— J'ai du mal à comprendre.

— Enfant surdoué, j'ai rapidement progressé dans ma scolarité », avait expliqué Hicks avec un vague geste de la main, comme pour chasser des souvenirs peu agréables de cette époque, « au point d'arriver très jeune au milieu d'une faune plus hostile que je ne l'aurais imaginé. Plaire est vite devenu une nécessité, pour moi. Les filles me trouvaient à leur goût, et moi aussi. Nos conversations sont hélas longtemps restées très limitées. Vois-tu, j'ai plus de mal avec les hommes, reconnut-il. En société, leurs motivations me restent bien souvent étrangères. Sauf avec toi, je dois l'admettre. Je ne me suis jamais confié autant à une personne de mon sexe depuis... je pense... jamais. C'est marrant l'effet que tu as sur moi, Dave. »

La réciproque était vraie, devait reconnaître Harper.

Au niveau inférieur, Hicks ronflait doucement. Désormais, ce bruit ne le dérangeait plus, il finit même par le bercer et le renvoyer dans le monde des rêves.

***

Le policier confrontait les dossiers des victimes, cherchant un lien.

Michelle Harcourt, 22 ans, étudiante en droit. Elle venait de se fiancer. Son futur mari avait déclaré sa disparition bien avant le délai de rigueur. Il avait pressenti que quelque chose de terrible était arrivé.

Mark Hawtrey, 46 ans, vendeur de voitures. Père de trois enfants. Il devait récupérer son aîné à son match de foot, mais n'était jamais arrivé au rendez-vous. Le gamin refusait de quitter son maillot depuis le drame.

Timo Hensler, touriste allemand de 39 ans. La dernière fois qu'on l'avait vu, c'était devant le Musée Rodin. Personne n'avait noté sa disparition avant l'arrivée du groupe à l'hôtel. La famille s'apprêtait à effectuer le voyage depuis Munich pour récupérer le corps.

Distraitement, Harper entoura la première lettre de leur nom de famille sur le calepin qu'il avait sorti sur son bureau.

H.

Hicks. Harcourt. Hawtrey. Hensler.

Difficile de dire si c'était une coïncidence. Impossible de déterminer comment Myles pouvait choisir ses victimes à partir de ce critère. C'était plausible pour les deux premières, elles étaient dans l'annuaire, mais Hensler ? Un hasard ? Une opportunité ? Où le meurtrier avait-il pu le connaître ?

Dave se massa la nuque. Il avait mal au cou. Il n'avançait en rien. L'hôpital tardait à lui fournir les informations qu'il avait demandées.

Sans ce délai, ils auraient pu au moins effectuer une descente.

« Alors, ça donne quoi ? demanda Becky Connor.

— Rien. »

Le ton rogue du policier ne suffit pas à faire reculer sa collègue.

« Où est ton ombre ?

— De qui tu parles ?

— Hicks.

— Aux toilettes.

— Ça fait un moment, non ? »

Dave tiqua et consulta sa montre. En effet, soit le prof s'était perdu en cours de route, soit il était de nouveau malade – les nausées, si elles avaient diminué, continuaient de venir régulièrement l'importuner.

« Je vais voir », marmonna-t-il en se levant. Mais, une fois sur place, aucune trace du jeune homme. Harper composa aussitôt le numéro de son portable. Il s'attendait à l'entendre sonner à l'étage et tendit l'oreille. Mais il se heurta immédiatement à la messagerie impersonnelle, à laquelle il adressa une bordée d'imprécations avant de s'élancer vers l'ascenseur. Connor, le voyant passer en trombe, se précipita à sa suite.

« Quoi ? s'inquiéta-t-elle.

— Il n'est plus là. »

Dans le hall du rez-de-chaussée, le policier de

faction lui confirma avoir vu Hicks sortir. Il ignorait que celui-ci bénéficiait de la protection de la police. Pour lui, c'était juste quelqu'un qui figurait sur la liste des personnels autorisés. Il ne comprit pas la colère soudaine de Dave à son encontre.

« Il fallait l'empêcher de sortir ! hurla-t-il si fort que tout le monde sursauta.

— Mais enfin, lieutenant... protesta l'agent.

— Harper, calme-toi, intervint Becky. Réfléchis, plutôt. À ton avis, quelles raisons auraient pu le pousser à s'envoler comme ça ?

— Comment veux-tu que je le sache ? » s'emporta-t-il en passant une main inquiète dans ses cheveux courts. Cette brusque disparition le déboussolait complètement. Morgan semblait pourtant aller bien, en dehors des effets secondaires induits par le sevrage qu'il poursuivait. Cela renforçait la conviction du policier que le professeur ne souffrait pas des troubles qu'on lui prêtait.

Mais alors, pourquoi avait-il quitté le central sans rien dire ?

Son cerveau s'emballa, avant de s'arrêter sur une idée soudaine. Harper remonta à son bureau et consulta les notes du jeune homme. Il retrouva le nom de sa collègue de New York, qu'il appela dans la foulée.

« *J'ai fourni à Morgan la traduction finale des inscriptions qu'il m'a envoyées.*

— Dites-moi tout », lui enjoignit le lieutenant, qui nota ensuite à la hâte ce que la linguiste lui dictait. Sa formation militaire lui permit de comprendre de quoi il s'agissait. « Des coordonnées », murmura-t-il après avoir raccroché. Il les entra rapidement dans l'ordinateur pour déterminer l'adresse exacte.

« Le réservoir de Queen Lane, commenta Connor après avoir lu par-dessus son épaule. Qu'est-ce qu'il y a, là-bas ?

— Des funérailles, murmura David en se levant d'un bond. Dis à Ferguson et Brown de me rejoindre sur place. Et demande des renforts. »

Hicks avait une sacrée avance sur lui. Ça laissait tout le temps pour que le pire arrive. L'enquêteur se focalisa sur sa conduite, chassant ses inquiétudes, sollicitant ses sens pour anticiper les embûches sur la route. Le hurlement de la sirène ne parvenait pas à le tirer de cet état de transe. Une détermination glacée s'était emparée de lui. Retrouvant ses instincts, le policier se mit en chasse.

Il arriva au réservoir après une course folle à travers les rues encombrées par la circulation de l'heure de pointe. Des badauds s'étaient attroupés à proximité et photographiaient avec leurs portables une scène pour le moins insolite et glaçante : au beau milieu de l'étendue d'eau flottait une longue barque en flammes. David sentit son cœur se serrer, ses mâchoires se crispèrent, il bondit hors de sa voiture et se fraya un chemin au milieu des curieux, constatant au passage que le grillage entourant le plan d'eau avait été carrément défoncé, sans doute pour faire passer la barque. Une effroyable odeur de chair brûlée le saisit aux narines, et il se dit que ses pires craintes s'étaient réalisées.

L'enterrement viking !

Trois voitures de police arrivèrent peu après. Il ordonna à la moitié des agents d'évacuer la foule, tandis que l'autre l'aidait à tirer sur la corde pour ramener jusqu'à la rive l'épave avant qu'elle ne coule.

Assis contre un des arbres qui longeaient le réservoir, Harper se sentait anéanti. Un instant d'inattention et tout avait basculé. Comment avait-il pu commettre une erreur pareille ? Un frisson le parcourut lorsqu'il vit le corps qu'on retirait de la barque. Il se leva, s'approcha, persuadé de découvrir le pire. Mais le légiste le contredit :

« Votre victime est un mannequin qu'on a rempli de viande et d'abats pour donner cette horrible odeur.

Il dégagea le linceul qui enveloppait encore la "dépouille" dont une bonne partie avait fondu sous la chaleur.

« Il est en vie », soupira Harper en passant

une main moite sur son visage. Le soulagement qu'il ressentait était indescriptible.

« *Il ne t'est jamais venu à l'idée que Hicks puisse être coupable, au final ?* suggéra son supérieur au téléphone. *Il aurait très bien pu mettre au point toute cette histoire afin de sortir de l'hôpital.*

— Tu te fous de moi ? » l'interrompit Dave, qui ne voyait pas très bien comment le prof aurait pu communiquer avec l'extérieur. Mais Tobias poursuivait sur sa lancée :

« *Après tout, c'est un petit génie. Il peut être retors par ailleurs.* »

Dave refusait cette hypothèse.

« Je sais quand les gens me mentent, Tobias. Et il n'y a jamais eu un seul moment où j'ai douté de sa sincérité.

— *Dans ce cas, où se cache-t-il ? Pourquoi a-t-il quitté le central sans rien dire ? Quelle idée de se rendre ici tout seul ?* »

Non, non, David refusait de croire une chose pareille.

Au même moment, son portable lui signala un double appel. C'était le numéro de Hicks. Il mit son capitaine en attente et décida d'activer l'application qui lui permettait d'enregistrer les conversations avant de prendre celle-ci.

« *Lieutenant Harper ?* demanda une voix grave. *J'espère que vous avez apprécié mon bouquet final,* ajouta Myles une fois que le policier eut confirmé son identité. *Normalement, cet enterrement était pour vous. Mais comme le professeur s'est rendu de lui-même, j'ai voulu me montrer magnanime.*

— Où est-il ? Passez-le-moi.

— *Ce cher professeur risque de ne pas être disponible avant un long moment,* ricana le tueur en série.

— Vous êtes dingue, Myles. Votre tuerie ne vous rapportera rien d'autre que la mort. Laissez Hicks repartir.

— *Il est à moi !* explosa le forcené. *Il l'a toujours été. Vous croyez que je n'ai pas deviné votre manège ? Vous croyez que je n'ai pas compris ?*

— De quoi parlez-vous ? objecta Harper.

— *Le premier meurtre, c'était pour qu'on le sorte de l'hôpital. Le second, pour vous convaincre que vous ne pourriez pas vous passer de lui. Mais il n'a jamais été question que vous en fassiez votre jouet.*

— Dès que je vous retrouve, je vous colle une balle dans la tête, gronda Dave.

— *Vous croyez que cette menace peut fonctionner sur un homme déjà mort ?* »

Myles partit d'un rire hystérique avant de raccrocher.

Après avoir mis Fisher au courant, Dave repassa l'enregistrement, reléguant les propos du tueur au second plan pour se concentrer sur les bruits de fond. Connor vint le déranger au milieu de son écoute, mais il lui fit signe de se taire et focalisa son ouïe sur les indices qu'il pourrait détecter. Après tout, que ces fichus sens lui servent à quelque chose ! Il en avait besoin maintenant ! Il poussa ses capacités si loin qu'il sentit très vite poindre une de ses horribles migraines.

Le clapotis de l'eau.

Des notes de musique égrenées comme pendant une répétition.

Le bruissement des arbres.

Des battements de cœur. Lents. Trop lents. Ceux de Hicks ?

Il fallait qu'il soit encore en vie, décréta l'enquêteur.

« Le cimetière de Laurel Hill », souffla-t-il. Ça pouvait coller. On commençait par les momies, on terminait par les cimetières. Après tout, on restait dans le thème.

« Qu'est-ce que tu dis ? s'exclama Connor.

— Ce salaud n'est pas loin d'ici ! Qui irait chercher un cadavre au milieu des tombes ? »

Il n'attendit pas la réponse de sa collègue stupéfaite et se précipita jusqu'à son véhicule. Laurel Hill ne se trouvait qu'à quelques pâtés de maison. Pendant la conversation, il avait aussi entendu un bus qui redémarrait. Cela orienta ses recherches du côté de Ridge Avenue qu'empruntait la ligne 61.

« Tiens bon, Morgan », s'entendit-il supplier.

Même s'il avait réduit la zone de recherches, le cimetière restait vaste. Peut-être qu'avec un peu de chance, le meurtrier avait gardé le portable du jeune homme allumé ? Cela ne laissait cependant pas beaucoup de temps à Harper pour localiser l'appareil. Une fois sur le parking, le policier coupa le moteur de son pickup, ferma les yeux, se concentra et étendit ses sens le plus loin possible. D'abord, l'ouïe, quand il pressa sur le bouton d'appel (il fallait espérer qu'aucun autre portable semblable ne sonnerait au même moment), ensuite l'odorat. Le parfum de la myrrhe qui accompagnait Myles où qu'il aille achèverait de confirmer sa position. Dave n'avait jamais fait appel à ses sens de cette manière. Ce qui lui remémora ce que le professeur avait dit à ce propos : « *Vous pourriez réaliser des choses extraordinaires en apprenant à les maîtriser correctement.* » Il y allait surtout à tâtons, comme un gamin qui se lançait à l'assaut du monde. Un coup de klaxon lui arracha un cri de douleur, il se prit la tête entre les mains et se recroquevilla sur lui-même, s'obstinant à traquer cette fichue sonnerie. Il en était arrivé à un tel point qu'il sentait son sang battre dans ses veines, ses os crisser les uns contre les autres, ses muscles frotter contre sa peau. Mais il rejetait tous ces sons parasites et finit par trouver ce qu'il cherchait.

Il n'y eut que cinq sonneries, puis quelqu'un fracassa l'appareil contre le sol d'un geste rageur, ce qui arracha un sourire au lieutenant. Il entendit le bruit d'un moteur, avant que l'appareil ne rende l'âme, celui d'une petite pelleteuse qu'on employait pour creuser les tombes – mais aussi pour les combler ! Il y avait en outre l'odeur de la myrrhe auquel Harper se rattacha comme un chien après sa piste.

Allez, Rintintin, on fonce ! se moqua-t-il de lui-même avant de jaillir de sa voiture.

Au terme de sa course, il se cacha derrière une pierre tombale, car il venait d'apercevoir un homme qui pilotait une mini-excavatrice. De dos, impossible de le reconnaître, par contre, son parfum le désignait comme Samuel Myles. Aucune trace de Hicks ! Harper essaya de ne pas se laisser envahir par l'inquiétude devant cette constatation. Il sortit son pistolet du holster qu'il portait à la ceinture et visa soigneusement le tueur. Toutefois, un instinct diabolique força celui-ci à tourner la tête au dernier moment. La balle percuta le bras de la pelleteuse après avoir raté sa cible. Couché sur le sol, Myles ne mit que quelques secondes à rouler sur lui-même pour se mettre à l'abri derrière un caveau. Il paraissait en tout cas sidéré et Harper décida de mettre sa surprise à profit pour se précipiter dans sa direction. Lancé à pleine vitesse, il bondit sur le siège de l'excavatrice en la voyant sur le point de plonger dans le trou qu'elle était en train de remplir. Il lutta contre la machine récalcitrante, finit par reprendre le contrôle et entendit au même moment Myles qui prenait la fuite, le plaçant devant un dilemme : le poursuivre, et abandonner Hicks dans ce piège, ou bien porter secours au professeur.

À peine le godet heurta-t-il le cercueil, que David se précipita au fond du trou. Il se débattit un moment avec le système d'ouverture, avant de soulever le couvercle.

Hicks gisait à l'intérieur, les yeux clos, très pâle. Lorsque le policier voulut le palper pour déterminer s'il était toujours vivant, il ouvrit brusquement les paupières, se releva en aspirant une grande goulée d'air et battit les mains comme pour échapper à son agresseur. Dave bloqua ses poignets et lui intima de se calmer.

« Morgan, c'est moi, tout va bien. Tout va bien, répéta-t-il jusqu'à ce que le professeur se ressaisisse.

— Comment... Comment as-tu fait ? s'étonna ce dernier entre deux grandes inspirations.

— J'ai suivi ton conseil, répondit le lieutenant en aidant le jeune homme à se mettre sur ses jambes. Mais qu'est-ce qui t'a pris, idiot ? » s'emporta-t-il soudain avant de le serrer contre lui.

Morgan, les bras ballants, resta sans réaction.

« Ne me rejoue plus jamais un tour pareil. »

Incapable de répondre, le professeur se laissa tirer hors du caveau et tomba sur ses genoux. Impossible de le laisser seul dans un état pareil. Harper entendit une voiture démarrer au loin et sut que Myles venait de lui échapper. Il appela les renforts, demanda une ambulance et resta auprès du jeune homme épuisé et tremblant.

CHAPITRE 6

« Vous n'avez pas à prendre ce genre d'initiatives ! Vous n'êtes pas policier, que je sache ! tonnait Fisher dans son bureau.

— Du calme, Tobias, le prof a cru bien faire », voulut le tempérer David.

Mais son supérieur ne voulait pas en rester là.

« Qui m'empêcherait de vous jeter en prison et de vous garder ainsi sous la main pour vous éviter de refaire ce genre de conneries ? »

Harper grimaça. Il avait bien la réponse, mais elle risquait de déplaire à son capitaine. Pendant ce temps, Hicks encaissait sans broncher, le regard vide, l'air exténué. Quand il le raccompagna, Dave confirma les propos de Fisher :

« Tu nous as fichu une sacrée trouille.

— Désolé », répondit le professeur, laconique. « Je pensais pouvoir raisonner Myles. Je le connais !

— Deux fois, tu t'es frotté à lui de ton propre chef. La première fois, il t'a envoyé à l'asile, la seconde, il aurait pu t'envoyer à la mort, rétorqua le policier.

— Il tue des gens. À cause de moi.

— Tu n'as pas à porter le poids de ses actes. »

Joignant le geste à la parole, Harper posa une main réconfortante sur l'épaule du jeune homme. Ce dernier lui adressa un sourire las.

« N'empêche, ce que tu as fait aujourd'hui... commenta Morgan une fois dans l'ascenseur.

— J'en suis quitte pour un sacré mal au crâne, réagit Dave en se frottant la nuque.

— Je te dois la vie.

— Tu aurais fait la même chose pour moi.

— J'en doute, le contredit le professeur avec une moue sceptique.

— On l'aura, je te le promets, Morgan. »

Hélas, une mauvaise surprise les attendait dans le parking souterrain : Samantha Hicks sortit de sa limousine dès qu'elle aperçut les deux hommes. Elle était accompagnée par une jeune femme que David détesta au premier regard. Elle ressemblait à une version plus jeune de la mère de Morgan. Brune sophistiquée, elle devait passer un temps considérable chez le coiffeur.

« Ma sœur, Rachel », la présenta Morgan avec un manque d'enthousiasme évident.

Mme Hicks se précipita pour prendre son fils dans ses bras et l'examiner sous toutes les coutures.

« Vous vous rendez compte de ce que vous

avez fait ? jeta-t-elle ensuite au lieutenant. Vous étiez censé protéger mon fils !

— Maman ! s'insurgea le jeune homme. Ce n'est pas la faute de David. J'ai pris seul cette décision. Je voulais arrêter le massacre.

— Et te jeter dans le piège de ce tueur !

— Si je n'approuve pas la méthode, Mme Hicks, force est d'admettre que par cette action, Morgan a réussi à prouver son innocence. Myles a reconnu les crimes dont on l'accuse et a, de ce fait, mis votre fils hors de cause.

— Mais il court toujours ? » s'adressa-t-elle ensuite au professeur, qui n'apprécia pas sa remarque.

« Je ne suis plus un gamin et n'ai aucun besoin que tu me fasses la morale. Si vous êtes venues toutes les deux pour un scandale, autant en rester là. »

Il leur tourna ostensiblement le dos et se dirigea vers le pickup de Harper. Au moins, le message était clair.

« Mesdames, les salua le lieutenant avec un geste de la main.

— Je les déteste, fulmina Morgan dans la voiture. Désolé pour cette scène.

— Tu répètes ce mot trop souvent, je trouve. »

***

Sur le chemin du retour, ils reçurent un message leur indiquant l'adresse de Myles. Bien qu'il se doutât que le suspect ne s'y trouvait plus, Harper décida malgré tout de s'y rendre. Une patrouille les retrouva sur place et leur prêta main forte pour la perquisition.

L'endroit avait de quoi coller des cauchemars.

Dans une pièce au fond du couloir, un véritable mausolée avait été érigé en l'honneur de Hicks. Ce dernier découvrit avec horreur un nombre incalculable de clichés de sa personne, y compris depuis sa sortie de l'hôpital. Myles l'avait même photographié quand il s'était rendu à l'épicerie, ce fameux matin. Le jeune homme décrocha cette dernière photo et la contempla un long moment, comme paralysé. Dave le trouva là, cloué sur place. Il ôta le cliché de ses mains tremblantes avec douceur et le replaça avec les autres.

« Il savait tout. Il m'attendait. Je n'ai jamais eu le choix dans cette histoire. Depuis le début, il me manipule. Il nous manipule, rectifia le professeur. Comment... comment peut-on devenir à ce point obsédé par quelqu'un ? »

L'enquêteur ne trouva rien à lui répondre.

« Évite de descendre au sous-sol. Tu as eu assez d'émotions fortes pour la journée.

— À ce point ? frémit le jeune homme.

— On sait où il a préparé le corps de ses victimes pour ses sinistres rituels. Désormais, il est aux abois, c'est nous qui avons la main, plus lui. »

Harper tâchait de mettre autant de conviction que possible dans sa voix. Il sentait Hicks sur les nerfs. Ce n'était pas le moment de faire un faux pas. Il n'était pas complètement sorti d'affaire. S'ils avaient quasiment prouvé son innocence, le destin du professeur restait entre les mains du juge qui pouvait tout à fait demander qu'il retourne à l'hôpital.

« Me lâche pas, prof », murmura-t-il.

Morgan se retourna et lui adressa un sourire piteux.

Sur le perron, Harper contacta le capitaine pour l'informer de ce qu'ils avaient découvert. À peine avait-il raccroché que son portable vibra. Numéro inconnu, mais son instinct l'avertit qu'il s'agissait sans doute du tueur.

« *Cher David, comment allez-vous ? C'est votre suspect préféré,* le nargua Myles. *Je constate que vous avez trouvé mon petit nid douillet. J'espère que Morgan apprécie ma pièce spéciale.* »

Les mâchoires de Dave se crispèrent. Il s'obligea à rester calme. Le psychopathe le provoquait. Il l'observait, peut-être. Impossible de le savoir, il faisait nuit et la rue était très passante.

« *Oh, ne jouez pas à ce petit jeu-là avec moi, Dave. Je peux vous appeler Dave, n'est-ce pas ? Répondez-moi. Tout de suite,* s'impatienta Myles.

— Que voulez-vous ? demanda-t-il, préférant entrer dans son jeu.

— *Je veux que vous embrassiez Morgan pour moi. Vous comprenez ?* »

L'intéressé venait justement d'apparaître sur le seuil. Harper lui fit signe d'approcher. À son expression, le jeune homme comprit tout de suite de quoi il retournait. Il se raidit et son regard balaya la rue, en vain.

« Pourquoi ferais-je une chose pareille ? Pourquoi vous ferais-je plaisir ?

— *Parce que voyez-vous, j'ai à mes côtés une jeune personne qui n'a vraiment, vraiment, vraiment pas envie de mourir.* »

Un hurlement suivit cette phrase. Hicks sursauta. Harper l'attrapa par le bras pour l'obliger au calme.

« Qu'est-ce qu'il veut ? articula le jeune homme sans émettre de son.

— *Ah, le prof est curieux. Dites-lui, Dave.* »

Ce dernier déglutit. *Espèce de pervers !*

« Il veut que je t'embrasse de sa part. »

Les yeux de Morgan s'écarquillèrent.

« *Sinon, je la tuerai,* chantonna le tueur en série sur un ton de petit garçon énervant. *Allez, dépêchez-vous, on n'a pas toute la nuit.*

— Il nous voit ? »

David opina. Il y avait des flics tout autour. Et personne pour attraper ce salaud. Un nouveau cri le poussa à l'action. Il se pencha vers Morgan et déposa un baiser sur sa joue. Dans le téléphone, l'autre s'esclaffa.

« *Allons, Dave. Pas comme ça. Embrassez-le.* VRAIMENT.

— Et qu'est-ce que ça vous rapportera ? demanda le policier entre ses dents serrées.

— *À cause de vous, je ne peux pas le faire moi-même. Je vais donc prendre mon pied par procuration.* »

Le lieutenant cacha le téléphone de sorte que Myles ne puisse pas l'entendre, et prévint Morgan :

« Il veut qu'on s'embrasse, mais... pas comme des amis. Tu comprends ? »

Trop sidéré, Hicks se contenta d'un hochement de tête.

« Finissons-en », décréta le policier avant de prendre le visage du professeur entre ses mains et de l'embrasser sur la bouche.

Il s'attendait à éprouver de la répulsion, mais, tout au contraire, la manière dont leurs souffles se mêlèrent lui procura un étrange frisson au creux de l'estomac. Tout à cette sensation époustouflante, il entendit cependant le cri de triomphe de Myles dans le téléphone, et un bruit de portière qu'on ouvrait. Dès qu'il tourna la tête pour déterminer d'où cela provenait, le grondement d'un moteur se fit entendre, suivi par des crissements de pneus, tandis qu'une fille courait sur le trottoir en remontant vers eux. L'enquêteur se précipita à sa rencontre, imité par deux autres collègues. Il la recueillit dans ses bras au moment où elle s'effondrait, secouée de sanglots irrépressibles.

Dans l'avenue, la camionnette bleue filait vers le sud. Harper tenta de lire la plaque d'immatriculation, mais elle était déjà trop loin et il perdit le contrôle de sa vue – qui, soudain saturée d'information, se bloqua, le plongeant dans un blanc cotonneux. Un agent le rejoignit. À tâtons, il lui confia la jeune femme et lui demanda d'alerter le central pour qu'il relaye son avis de recherche, au cas où une patrouille croiserait ce tordu.

Au moment de le rejoindre, Morgan comprit que quelque chose n'allait pas. Il l'aida à s'asseoir sur le rebord d'un muret.

« Qu'est-ce qui cloche ?

— Mes yeux », se plaignit le policier, qui n'osait pas retirer ses mains de son visage. Il sentit pourtant le professeur les éloigner avec douceur.

« OK, on va essayer une astuce. Tu vas te concentrer sur un autre sens. Celui que tu sollicites le moins. Euh... le goût ? Qu'est-ce que tu sens ?

— Toi. »

La réponse lui valut un raclement de gorge gêné.

« Mauvaise idée ?

— Non, ça aide », reconnut l'enquêteur en se concentrant sur cette sensation. Cela lui permit de mettre les autres sens en arrière-plan, ce qu'il expliqua au professeur. Ce dernier lui demanda ensuite de se concentrer sur le toucher, ce qui le ramena de nouveau sur Morgan qui le tenait par les poignets, puis sur l'odorat – il se focalisa sur le parfum de son shampooing, suffisamment anodin. L'ouïe fut la plus facile à intégrer.

« Et enfin, la vue. Ouvre les yeux. Doucement. Personne ne nous regarde, assura Hicks. Si tu as une tête d'alien exophtalmique, je serai le seul à le voir. »

Évidemment, David ne put s'empêcher de rire.

« Idiot.

— Mais moi aussi, j'adore t'asticoter. Allez, on y va. Dave, regarde-moi. »

Il se lança, comme il aurait plongé dans une rivière glacée, et poussa un soupir de soulagement en constatant que tout était revenu à la normale. Le professeur lui souriait, conscient que ça avait marché.

« Te revoilà. Cool... Combien de doigts ? »

Le policier attrapa la main que cet imbécile agitait devant lui.

« On va considérer ça comme une bonne réponse », décida le jeune homme.

On vint les prévenir que le suspect avait pu s'échapper.

« Je déteste ce type ! jura Harper en se levant rageusement.

— Pas autant que moi, tu peux me croire. »

Les deux hommes échangèrent un regard embarrassé. L'enquêteur se racla la gorge.

« Remettons-nous au travail », suggéra-t-il.

Après avoir interrogé la victime, qui leur révéla que l'intérieur de la camionnette était capitonné, ce qui expliquait que Harper n'avait pu localiser la fille, ils passèrent encore deux heures à fouiller la maison. Dave avait toutefois du mal à se concentrer. Il repensait sans arrêt au baiser. Il n'avait jamais embrassé d'homme, avant. Il s'était attendu à... au même genre de phénomène que lorsqu'on opposait deux aimants à la même polarité. Seulement, l'attraction avait été réelle. Si ça n'avait pas eu lieu sous la contrainte, il aurait trouvé cette sensation vraiment très agréable.

Il sentit le regard de Hicks peser sur ses épaules, mais, lorsqu'il se retourna, le professeur feignit de s'intéresser aux lattes du parquet.

Tendus, les deux hommes échangèrent à peine quelques mots pendant le trajet les ramenant à l'appartement du policier.

Comment on va faire, maintenant ? songeait Harper. *Et lui, que pense-t-il de ce qui s'est passé ? Il doit me croire gay.*

S'il devait reconnaître qu'il lui était arrivé d'apprécier la beauté de certains hommes, il n'avait jamais éprouvé de réelle attirance pour l'un d'eux. En tout cas, ce genre de choses pouvait difficilement avoir lieu dans l'armée, où l'homosexualité restait un sujet tabou. *Enfin, ça ne m'a même carrément pas traversé l'esprit.* En dehors de quelques expériences, durant l'adolescence, à une époque où, révolté contre le monde entier, il multipliait les défis pour se sentir vivre, il n'avait jamais envisagé qu'un homme puisse lui plaire.

À peine le seuil franchi, Hicks se précipita dans sa chambre. Inquiet, se demandant s'il ne faisait pas une crise ou quelque chose du genre, Harper le suivit et le découvrit, contemplant ses boîtes de médicaments répandus sur le lit.

« Je ne suis que la moitié de l'homme que j'étais, à cause de ces saletés. Le sevrage prend trop de temps !

— Pas d'accord. Tu as assuré, tout à l'heure. Si tu n'y vas pas par étapes, les symptômes risquent d'empirer, argua le policier.

— Je voulais bien faire, trembla la voix de Morgan. Myles... je pensais le raisonner, le convaincre de se rendre. »

Harper s'assit près de lui sur le lit.

« C'est tout à ton honneur, mais ce type semble déterminé à te détruire. A-t-il hésité une seconde à t'enterrer vivant ?

— Non. À peine avais-je débarqué au réservoir qu'il a coupé court à mes tentatives et m'a réduit à l'impuissance. J'ai pensé à pratiquer la méditation pour réduire ma respiration, dans le fol espoir que quelqu'un vienne me sauver... Et tu es venu », ajouta le jeune homme avec un soulagement indéniable.

Dave repensa à la promesse qu'il avait faite au tueur. Il la tiendrait, se jura-t-il une nouvelle fois.

Ils avalèrent un rapide dîner, puis se remirent à l'ouvrage. David épluchait les rapports des collègues ayant mentionné une camionnette bleue dans leurs observations. Morgan se concentrait sur le dossier de Myles en espérant y trouver un élément qui lui aurait échappé.

Vers 22h, l'ordinateur portable du policier lui signifia qu'il avait un message. Pensant qu'il s'agissait d'un de ses contacts, il s'empressa de le consulter. Son sang se glaça dans ses veines.

« *Branchez votre webcam.* »

Avant d'obtempérer, Dave fit signe au professeur de le rejoindre. Le message n'était pas signé mais ils devinaient tous les deux qui l'avait expédié. Une fois la caméra allumée, une nouvelle notification les informa que quelqu'un souhaitait les contacter par la messagerie vidéo. Une fenêtre s'afficha. Après avoir sollicité l'assentiment de Hicks, Harper cliqua sur l'icône. Le lieutenant se tendit en découvrant la scène, et sentit son compagnon se crisper lui aussi.

Myles se tenait sans doute à l'arrière de sa camionnette, en compagnie d'un jeune homme ligoté et bâillonné, qui adressa au policier et au professeur un regard désespéré.

« *Jimeno, voici Dave et Morgan. Dis-leur bonjour.* »

Incapable de parler, le dénommé Jimeno secoua la tête, avant de paniquer quand le canon d'une arme se posa sur sa tempe.

« *Allons, allons, sois poli, dis bonjour à mes amis.* »

Sans quitter la scène des yeux, Harper voulut envoyer un SMS à son capitaine pour lui dire que le tueur était en ligne, mais un claquement de langue désapprobateur le stoppa.

« *Pas de ça, Dave. Va à la fenêtre. Je veux te voir le balancer dehors. Prends aussi le téléphone du professeur. Sinon, je fais sauter la cervelle de notre invité.* »

Le lieutenant obéit. Ses mâchoires se crispèrent en entendant les deux appareils heurter le trottoir vingt mètres plus bas. À son retour, il nota la sueur qui couvrait le front de Myles, ses cernes sous les yeux, son regard fiévreux. Le psychopathe était aux abois, mais restait dangereux. Il revint sur sa proie qui articula péniblement un « salut » haché.

« *Bien, maintenant que les présentations sont faites*, se réjouit le tueur, *nous allons passer aux choses sérieuses. J'ai beaucoup aimé votre baiser, tout à l'heure, j'étais sûr que ça collerait entre vous deux,* susurra Myles avec un sourire graveleux qui donna des envies de meurtre au policier. *Je l'ai su dès l'Afghanistan, quand vous vous tapiez sur les nerfs. Moi j'avais deviné votre petite comédie. Alors je me suis dit que plutôt que de passer la soirée seul avec mon nouveau copain Jimeno, on allait vous proposer un petit jeu. Vous allez voir, rien qui ne soit au-delà de vos capacités, Dave.*

— Pourquoi vous faites ça, Samuel ? » gémit Morgan.

David serra les dents. *Parce que ça lui plaît. Parce qu'il se sent tout puissant. Parce qu'il est dingue.*

« Ne lui donne pas cette joie, ragea-t-il.

— *Oh ! non, gardez plutôt vos gémissements pour votre petit copain, prof,* l'imita le psychopathe. *Vous connaissez le jeu Jacques-a-dit ? Bien. Alors Jacques-a-dit baise-le. Oui, Dave, tu vas faire l'amour à Morgan. Et on va jouir du spectacle. Littéralement jouir, si tu vois ce que je veux dire.*

— Espèce de malade ! explosa le policier.

— *Oh ! Mais ce n'est pas gentil, ça* », réagit Myles en attrapant Jimeno par les cheveux et en lui tirant la tête en arrière pour glisser le canon du pistolet dans sa bouche. Le pauvre type se débattait, à moitié étouffé.

« *Pense à ce que tu vas dire à la famille de ce*

pauvre Jimeno. Voilà, Madame, votre fils est mort parce que je n'ai pas voulu prendre mon pied avec le beau Morgan. »

Myles arma le chien et appuya sur la gâchette.

« Non ! » hurla le lieutenant en bondissant de son siège.

Son cri couvrit le clic qui suivit. Jimeno se pissa dessus.

« *Oh ! c'est dégoûtant !* s'exclama le tueur en s'écartant précipitamment. *Regarde ce que tu as fait faire à notre cher invité. Je te laisse cinq minutes pour peser ta décision, le temps de nettoyer tout ce bazar.* »

Il coupa la communication. Dave leva les yeux vers Hicks qui paraissait liquéfié. Cinq minutes. Il réfléchit à toute vitesse. Où avait-il mis son portable de secours ? Dans la chambre, en haut du placard. Trop loin. Contacter le chef. Il voulut ouvrir sa messagerie, mais l'ordinateur resta inerte. Son clavier ne répondait plus.

« Eh ! Morgan, reste avec moi. »

Il l'attrapa par le bras et le secoua jusqu'à ce que le jeune homme daigne le regarder.

« On va s'en sortir, d'accord.

— Mais... Mais... Comment veux-tu qu'on fasse ? Il m'a violé la première fois et maintenant, il est en train... il est en train de tout détruire. Tu aurais dû m'abandonner dans cette tombe », conclut Hicks d'une voix découragée.

Harper se leva pour le prendre par les épaules.

« Eh ! Je t'interdis de dire une chose pareille. »

Il glissa un index sous son menton pour l'obliger à le regarder. Il le sentait trembler sous ses doigts. Alors il l'attira vers lui.

« Ne craque pas, Morgan, s'il te plaît, ne craque pas, murmura-t-il contre ses cheveux.

— *Ah ! non, vous n'allez pas commencer les préliminaires sans nous,* s'insurgea Myles qui venait de revenir en ligne.

— Ça ne fait pas cinq minutes, protesta David.

— *J'ai menti,* rétorqua leur bourreau avec une mine de clown triste. *Allez, les gars, on vous regarde. Et mettez-y de l'émotion, que je n'aie pas l'impression de visionner un mauvais porno. Restez bien dans l'angle de la caméra. Sinon, la tête de Jimeno va exploser.* »

Un rire mauvais suivit cette menace.

La colère, le dégoût, le désespoir frappèrent le policier tour à tour.

« *Dépêche !* »

Dave lança un regard assassin à Myles. Son regard se posa sur le gars qu'il avait kidnappé. Il envisagea brièvement de couper la communication. Après tout, des gens mouraient tous les jours à Philly, sans qu'il en soit responsable. *Pourras-tu te regarder en face, après ça ? Non, tu sais que tu ne pourras pas. Et ce salaud le sait aussi !*

Il considéra Morgan, incarnation de la panique. Il le fit asseoir sur le canapé.

« Je reviens.

— *Quoi ? Reste ici ! Harper ! Si tu ne reviens pas tout de suite, je le dézingue.* »

David agrippa l'ordinateur portable et le porta jusqu'à son visage.

« Tu me demandes de violer un type sous tes yeux et tu crois que je vais me plier à ton caprice sans prendre un minimum de précautions ?

— *Oooh ! d'accord.* »

Myles s'esclaffa.

« *De toute façon, où tu crois qu'il aurait pu chopper une saloperie ? À l'asile ?* »

Harper l'ignora et se dirigea vers la salle de bains. Le psychopathe commença un compte à rebours, ne lui laissant qu'une minute. Le policier renversa tout dans l'armoire à pharmacie, avant de revenir en montrant ostensiblement à son bourreau ce qu'il était allé chercher. Mais Myles ne retrouva son calme qu'une fois que les deux hommes se furent installés côte à côte.

« Ignore-le, conseilla Harper à Hicks.

— On... On va vraiment le faire ? »

Il était blanc, sa voix chevrotait tellement qu'elle montait dans les aigus.

« N'importe lequel. Dis-moi quoi faire, Morgan », supplia Dave entre ses dents. Mais il n'obtint aucune réponse. Ses mains tremblaient à tel point qu'il dut serrer les poings pour tenter de contenir les spasmes.

« Je... je ne sais même pas comment on doit faire, balbutia Morgan qui s'était levé.

— *Ben commence par l'embrasser, banane !* » se moqua Myles.

Le visage du professeur s'empourpra. Il se tourna vers Harper, pour ne pas voir son ancien étudiant, et tenta un premier baiser maladroit.

« *Mais quelle quiche ! Montre-lui, Dave.* »

Le lieutenant s'exécuta promptement pour éviter un nouveau commentaire salace, sentant combien cela déstabilisait encore plus le jeune homme.

« *Avec la langue* », s'immisça une nouvelle fois la voix exécrable de Myles qu'il entendait aussi haleter.

Salopard !

Préférant ne pas imaginer ce qu'il fabriquait, le policier focalisa tous ses sens sur son partenaire. Il caressa du bout de la langue la commissure de ses lèvres, réclamant le passage que Morgan finit par lui accorder avant de laisser échapper un gémissement quand le baiser se fit plus passionné. Le goûter de cette façon affola complètement les sens de Dave. Il n'avait pas oublié la saveur du premier baiser. L'odorat se délecta de nouveau des fragrances qu'il percevait. Le toucher exigea la peau nue contre la sienne et le guida pour retirer la chemise qui le contrariait, tout en l'encourageant à se presser un peu plus contre le corps chaud qu'il serrait. Il sentit aussi Morgan caresser maladroitement sa nuque, ses doigts sur l'arrière de son crâne et la légère ondulation de ses reins qui faillit lui arracher un grognement. Son pantalon lui semblait tout à coup bien trop étroit.

« *Ah ouais, c'est bon, les gars, continuez comme ça* », les félicita Myles, le souffle court. Hicks se figea, se rappelant leur situation. Il faillit s'écarter, mais Dave le retint de force.

« Non, non, non, souffla-t-il à son oreille, reste avec moi. Reste avec moi, mon ange. »

Il pressa sa main contre son abdomen, avant de glisser jusqu'à la boucle de sa ceinture pour la défaire. Il sinuait contre son partenaire, pressant leurs érections l'une contre l'autre. La fermeture éclair glissa, libérant le trésor tant convoité. À présent, Harper le voulait, c'était presque un besoin vital. Il se fichait que Myles regarde et prenne son pied en même temps. Il empoigna avec une audace étonnante le sexe du jeune homme pour le caresser avec délicatesse. Morgan, les yeux clos, la tête renversée en arrière, la bouche grande ouverte, paraissait chercher l'air qui lui manquait. Harper se débarrassa à son tour de son pantalon et laissa Hicks lui retirer son pull. Quand leurs abdomens se frôlèrent, une plainte lui échappa. Des mains caressaient ses fesses, ses cuisses, le bas de son dos. Morgan semblait avoir oublié ses dernières appréhensions.

« *Prends-le* ! » ordonna la voix désagréablement présente de Myles, l'arrachant presque à la petite bulle qu'il avait réussi à construire autour d'eux.

David sentit la panique gagner le jeune homme. Il l'allongea sur le canapé. Ils restaient malgré tout dans le champ de vision de la webcam.

« Je suis désolé, dit-il en caressant les boucles châtaines.

— *Tourne pas le dos à la caméra, j'veux tout voir !* »

De nouveau, le chien fut armé. Pas certain que Jimeno aurait une seconde chance, même s'il était dans l'intérêt du psychopathe de le garder en vie. Pas dit non plus qu'il survivrait à une nouvelle frayeur.

« Je ne veux pas te faire de mal », chuchota-t-il encore à l'oreille de son partenaire, qui trouva malgré tout le courage de hocher la tête.

« On va y aller en douceur. Si ça ne va pas, tu m'arrêtes. »

Faire ça en plus sous les yeux d'un désaxé en chaleur, ça n'avait rien du tout d'évident. Il récupéra un préservatif et bénit la bouillonnante Carlotta d'avoir laissé du lubrifiant lors de son précédent passage.

« *Alors, ça vient !* » se manifesta encore Myles. Son allusion grivoise parut lui plaire et il éructa un nouveau rire.

Harper laissa courir le dos de sa main le long de l'échine tremblante de Hicks, avant de se positionner du mieux qu'il put, après lui avoir écarté les jambes. Il y alla petit à petit, encourageant le jeune homme sous lui par des paroles prononcées d'une voix rauque. Quand il fut tout entier à l'intérieur, il commença à bouger. Doucement. Morgan l'accompagna dans son mouvement et la sensation ainsi procurée prit le policier tout à fait au dépourvu. C'était étrange, familier sans l'être, étroit, chaud et incroyablement charnel. Il posa ses mains sur les hanches du professeur pour le soulager un peu de son poids. Hicks se mordit les lèvres pour ne pas crier.

« Je te fais mal ? s'inquiéta Harper.

— N... Non... C'est... »

Le jeune homme jeta un regard à l'écran de l'ordinateur où s'affichait le visage dégoulinant de Myles.

« Ça va », se réfréna-t-il.

David le cajola en embrassant sa nuque, en léchant le lobe de son oreille, en enfouissant son visage dans ses cheveux. Il sentait qu'il allait jouir d'un moment à l'autre et préféra prévenir son partenaire.

« O... OK... Je suis prêt. »

Mais pas moi, songea le policier qui devinait qu'il n'allait pas tarder à perdre le contrôle. Ses mouvements devenaient erratiques, ses mains moites reposaient à plat sur le canapé pour fournir plus de poussée. Les muscles de ses cuisses se crispaient à lui faire mal. Et le feu dans son bas-ventre menaçait d'exploser. Il laissa échapper un nouveau cri, repris en écho par Hicks qui se cambra sous lui. Dans les haut-parleurs de l'ordinateur, Myles gémissait des « *Oh ! oui ! Oh ! oui !* » perturbants, suivi par un « *Oh ! Putain !* » qui précéda à peine l'orgasme de Harper, lequel se retira en toute hâte avant de glisser du canapé, à bout de souffle, tremblant de tous ses membres.

Honteux. Horrifié.

Il avait pris son pied !

Il n'en revenait pas.

Il avait pris son pied !

Hicks s'était replié sur lui-même et ne bougeait plus. David se précipita pour vérifier qu'il allait bien et constata que le jeune homme avait joui lui aussi. Il le prit dans ses bras, le berça, lui répéta que tout allait bien.

« *Jacques a dit : Bravo les garçons. Ce sera tout pour ce soir.* »

Le policier jeta un regard noir à l'écran qui venait de s'éteindre. Morgan, lui, respirait par saccades. Il bondit tout à coup du canapé et se précipita dans la salle de bains, pour claquer la porte derrière lui. Abattu, Dave commença à rassembler leurs affaires. Il se rhabilla, considéra l'ordinateur, envisagea un bref instant de le balancer aussi par la fenêtre.

Il avait fait l'amour avec un homme !

Tout ce qu'on racontait sur les 'pédés' lui revint en mémoire. Les idées reçues – elles avaient la vie dure, surtout dans l'armée – nourrissaient le sentiment de honte qui l'envahissait à cet instant.

Chapitre 7

David passa la main sur son visage, comme pour en chasser la fatigue. Le soleil matinal qui éclairait l'appartement par les larges baies vitrées ne parvenait pas à chasser les noirceurs de la nuit. Il n'avait pas fermé l'œil. Il leva la tête en entendant Morgan sortir de la chambre. Le jeune homme le salua d'un hochement de tête et s'évertua à ne pas le regarder dans les yeux. Dave, au contraire, l'observait avec attention, guettant le moindre signe indiquant qu'il avait pu lui faire du mal ou qu'il allait craquer nerveusement. Ils conservèrent une distance prudente durant tout le petit déjeuner, alors que les jours précédents, ils mangeaient presque côte à côte. Ils n'échangèrent que quelques mots, d'une banalité déprimante. *Il faut qu'on parle*, ne cessait de se répéter le policier, mais les mots n'arrivaient pas à franchir ses lèvres. *Tout ça, c'est de la faute de Myles. Il a tout gâché !* Et cette amitié naissante, à laquelle il tenait plus qu'il ne le pensait, mourait sous ses yeux. Pour passer ses nerfs, il s'attela à remettre l'ordinateur en état.

L'antivirus lui avait déjà permis de virer le troyen que le psychopathe avait chargé sur le pc avec son mail. À peine retrouva-t-il les commandes qu'une sonnerie caractéristique lui apprit qu'un nouveau message venait d'arriver dans sa boite électronique. Un juron lui échappa.

Cela ne finirait donc jamais !

« Quoi ? s'inquiéta aussitôt Hicks.

— Ce salaud a posté une vidéo sur les réseaux sociaux.

— Une vidéo ? Mais de qui ?

— De nous deux ! » lui répondit le policier d'un ton sinistre, en tournant l'écran vers lui.

On voyait distinctement leurs visages et leur position équivoque sema la confusion chez le professeur. Dave préféra lui épargner les commentaires obscènes qui accompagnaient cet extrait. La personne qui l'avait posté en promettait plus pour la soirée. Le lieutenant devinait ce que cela signifiait.

« J'aurais dû écouter, j'aurais dû faire attention pendant qu'il... qu'il nous regardait », fulmina-t-il avant de balancer son portable sur le canapé.

Ses mains frottèrent nerveusement son crâne tondu en imaginant les dégâts provoqués par ce post.

« Je ne vois pas comment tu aurais pu faire, rétorqua Morgan. Du moins sans qu'il s'en rende compte. Il y avait la vie de ce type en jeu, tu oublies ce... ce détail.

— Non, je ne l'oublie pas ! On doit interroger ce gars. Il doit avoir vu ou entendu quelque chose.

— Mais comment veux-tu qu'on le retrouve, s'il ne s'est pas rendu de lui-même à la police ? Myles a dû le menacer pour qu'il se taise.

— Déjà, on a un prénom : Jimeno. Et ensuite... »

Dave ferma les yeux et se concentra. Il revoyait la scène. Jimeno avait été déshabillé à dessein pour éliminer des indices sur son identité. Le format vidéo privait Harper d'autres informations que ses sens auraient pu lui fournir. Mais l'otage avait un tatouage sur la poitrine. Un crâne mexicain qui célébrait le jour des Morts. Le policier tâcha de le dessiner du mieux qu'il put, le photographia et l'envoya à Connor en espérant qu'elle puisse trouver quelque chose d'ici à ce qu'ils rejoignent le central.

« Tu ne renonces jamais, murmura Hicks, estomaqué.

— Tant qu'il aura un souffle de vie, ce taré fera tout pour nous nuire. On le retrouve et on le neutralise. »

Leur arrivée au central fut des plus mouvementées. Des journalistes patientaient déjà devant l'entrée du parking souterrain et il s'en fallut de peu que l'un d'eux passe sous les roues du pickup. Harper regardait droit devant, ignorant leurs invectives et les flashes qui les mitraillaient. Hicks, tassé sur son siège, n'en menait pas large.

Dans les couloirs, ils constatèrent que leur taux de popularité avait dégringolé en flèche, vu les œillades assassines que leur adressèrent certains policiers. Les femmes, au contraire, les reluquaient d'une drôle de manière, presque gourmande, quand elles pensaient qu'on ne les voyait pas.

« Harper ! Hicks ! Dans mon bureau ! » hurla Fisher dès qu'ils eurent mis un pied à l'étage de la criminelle. « C'est quoi ce bordel ? rugit-il encore plus fort une fois qu'ils l'eurent rejoint.

— Je peux vous expliquer, capitaine, commença Dave.

— M'expliquer quoi ? Que vous couchez ensemble et qu'en plus, vous postez vos ébats sur le Net ? Vous ridiculisez tout le service, et la police de Philadelphie va encore être la risée des internautes ! Sans parler de la presse, qui relaie l'information en se léchant les babines ! »

La chaise de Hicks se renversa quand celui-ci bondit vers le bureau de Fisher.

« Tout accusé a le droit de se défendre, alors vous allez écouter ce que David a à vous dire et ensuite, si vous pensez qu'on le mérite, vous pourrez brailler tout votre soûl ! » s'époumona-t-il avec tant de force que le capitaine le considéra d'un air sidéré. Puis il se rassit sur la chaise que Harper avait relevée. Tobias se tourna vers son lieutenant.

« Très bien, je t'écoute », dit-il d'un ton redoutablement mielleux.

Harper lui expliqua alors ce qui s'était passé, sans trop entrer dans les détails, toutefois. Le capitaine en avait sans doute assez vu pour se faire une idée.

« Non, je n'ai pas visionné cette vidéo », démentit-il une fois le récit de cette étrange soirée terminé. « On voit suffisamment de cochonneries sur la Toile. Mais je peux vous garantir que le maire l'a vue, qu'il a reçu Mme Hicks venue se lamenter dès la première heure de la matinée, qu'il s'est ensuite plaint à moi et qu'il m'a demandé de vous retirer l'affaire.

— Quoi ? » s'insurgea Harper.

Fisher balaya sa protestation d'un geste de la main.

« C'est sans doute mieux ainsi. En vous sortant du jeu, on ôte son jouet à ce pervers. Les esprits éviteront de... s'échauffer, et nous l'attraperons bien plus vite.

— Ce que vous dites est ridicule, protesta Morgan. Personne n'est plus à même que nous de stopper ce malade mental. Dis-lui, Dave. »

Mais l'intéressé secoua la tête. Et Tobias Fisher annonça :

« Estimez-vous déjà heureux que l'affaire reste dans notre service et ne termine pas sur le bureau d'un agent du FBI trop occupé pour s'en charger avant des mois. Ferguson et Brown prendront le relai. Toi, tu prends des vacances, ordonna-t-il à Dave. Quant à vous, Hicks, calmez votre mère. Ses appels hystériques me donnent la migraine. Et si elle continue de se démener comme ça, elle réussira bien à vous ramener à l'asile. Officieusement », ajouta l'officier supérieur, un ton nettement en dessous, « j'espère que vous réussirez à arrêter ce salaud. Maintenant, disparaissez. »

Quand ils sortirent, les deux hommes ne savaient plus sur quel pied danser. Alors qu'ils s'apprêtaient à quitter le service, ils furent interceptés par les trois collègues de David.

« Le tatouage que tu m'as envoyé a donné quelque chose », lui révéla Connor en lui tendant un papier. « Une adresse, précisa-t-elle.

— On ira interroger ce type quand on aura fini de déguster ces excellents beignets », déclara Brown en tendant la boîte contenant les pâtisseries à Hicks qui refusa poliment.

« Ce qui, si ce gros balourd veut bien ralentir le rythme auquel il les engloutit, devrait nous prendre une bonne demi-heure, renchérit Ferguson.

— Vous feriez ça pour nous ? » s'étonna Morgan.

Becky les attrapa tous les deux par le bras.

« Moi je vous trouve plutôt mignons, tous les deux.

— Euh... merci, réagit Dave en se demandant comment il devait le prendre.

— Et puis on est au XXIème siècle, s'empressa d'argumenter Brown entre deux énormes bouchées.

— Mon petit frère est gay, annonça Ferguson.

— Mais on n'est pas... »

La voix de Morgan mourut dans sa gorge quand il se rendit compte que ses protestations ne serviraient à rien.

« Filez, leur conseilla Connor. Ces fichus beignets disparaissent à une vitesse inquiétante. »

Ils furent presque poussés jusqu'à l'ascenseur. Quand les portes se refermèrent sur les trois policiers aux sourires entendus, Harper et Hicks se regardèrent d'un air déconcerté.

« Ne cherchons pas à comprendre », décida l'enquêteur.

Mais il fut nettement moins ravi de découvrir l'inscription barbouillée sur le pare-brise de son pickup : *"Queer.*[3]" Autant dire que tout le monde n'accueillait pas aussi bien la nouvelle que l'impayable trio. Le lieutenant s'appliqua à l'effacer avant qu'ils ne sortent du parking, tandis que Morgan appelait sa mère pour tenter de la raisonner.

« Maman, il ne m'a pas violé ! Non... La vidéo a été postée à notre insu, tu t'en doutes bien. Mais enfin, puisque je te dis... Pourquoi tu te mets dans des états pareils ? Inutile de me sermonner comme si j'avais huit ans... Et même si j'étais gay, qu'est-ce que ça pourrait te faire ? »

[3] Queer : pédé

explosa le professeur avec une véhémence qui surprit Harper. « Rachel se chargera de te pondre autant d'héritiers que tu en auras besoin ! »

Il raccrocha, pesta : « Fichue tête de mule ! » et rendit son téléphone au policier.

« Pardon, s'excusa-t-il presque aussitôt. Mais elle me rend dingue. Elle dit que tu es responsable et qu'elle te fera jeter en prison.

— Je voudrais bien savoir sous quel chef d'inculpation, réagit David en démarrant et en manœuvrant pour sortir du parking.

— Abus de faiblesse au mieux, viol au pire.

— Charmant. »

Ils durent franchir une nouvelle fois la barrière de journalistes. Abigail Burney s'écrasa presque sur le pare-chocs et Harper fut très tenté d'accélérer. Au lieu de quoi, il attendit patiemment qu'elle daigne s'écarter, sans la quitter du regard. Deux poignards braqués sur la reporter qui tâcha de reprendre contenance en réajustant son tailleur bleu ciel. Aussi fut-il stupéfait quand son passager descendit sa vitre et l'invita à monter, tout en déverrouillant la portière.

« Qu'est-ce que tu... ? protesta le lieutenant en la voyant s'installer.

— Salut les gars, triompha-t-elle.

— Pas de blague, Miss Burney. Si je le laisse agir à sa guise, David se fera un plaisir de vous éjecter à la première intersection. »

Harper confirma par un sourire féroce.

« J'aimerais solliciter votre aide, poursuivit Hicks.

— Et vous répondrez à toutes mes questions ? répondit la jeune femme, méfiante.

— Toutes celles que je jugerai pertinentes, promit le professeur.

— Dites-moi ce que vous voulez.

— C'est une très mauvaise idée », considéra le policier après avoir redémarré en abandonnant la journaliste sur le trottoir, quelques kilomètres plus loin. « Tu vas semer une vraie psychose en ville et Fisher sera furieux.

— Le capitaine ne peut pas empêcher un citoyen d'alerter les habitants de Philadelphie du danger qui rôde dans leurs rues. Plus on diminue ses cibles potentielles, plus Myles aura du mal à les kidnapper. Les gens seront sur leurs gardes.

— Tu es très optimiste. On est plus d'un million cinq cent mille dans cette ville. Sans parler des gens de passage...

— De toute façon, on l'aura arrêté avant, pas vrai ?

— J'en ai bien l'intention. »

***

Ils planquaient devant la maison du fameux Jimeno depuis une heure. Il avait fallu prévenir les autres après que la mère de leur témoin les avait avertis que ce dernier s'était absenté, et Brown avait prétexté qu'il avait encore faim.

Harper bouillait intérieurement : ils perdaient un temps précieux ! Mais ils n'avaient pas le choix, pas d'autre piste. Et puis après tout, il était en vacances.

« Dave ? On pourrait parler de ce qui s'est passé hier soir ? »

Le lieutenant soupira. Il n'y couperait pas. Il se força à regarder Morgan qui triturait la boucle de sa ceinture de sécurité.

« Tu veux qu'on dise quoi ? »

Il s'en voulut pour son ton plutôt rude. Mais cette conversation le terrifiait.

« Je ne peux pas regretter quelque chose qu'on m'a forcé à faire en menaçant la vie d'une personne innocente ! »

Même si Jimeno semblait quelque peu en délicatesse avec la justice, vu ce que sa mère leur avait expliqué.

« Je n'ai jamais prétendu une chose pareille ! se défendit le jeune homme.

— Alors quoi ? On ne pourrait pas juste enterrer cette histoire, faire comme si rien ne s'était passé, tout simplement ? »

Hou... la fuite. Très mauvais, ça, Harper. Je ne te croyais pas aussi lâche.

— Mais il s'est passé quelque chose ! s'insurgea Hicks. En tous cas... de mon point de vue. Tu semblais... plus à l'aise de ton côté.

— Tu crois ? s'insurgea le policier. Myles m'a forcé à faire l'amour avec un homme ! assena-t-il en détachant chaque syllabe. C'est...

— Répugnant ? »

Le terme lui parut tout de même trop dur, bien que le dégoût qui l'habitait puisse parfaitement lui correspondre.

« Il nous a regardés, il nous a filmés et il a posté ça sur internet, que penses-tu que je puisse ressentir ? Il m'a attaqué dans... dans ma fierté d'homme.

— Je comprends », soupira Hicks en penchant la tête en arrière et en fermant les yeux. Difficile de dire ce que reflétait son expression à ce moment-là. Colère ? Tristesse ? Honte ? Tout cela à la fois ? Dave s'en voulut de le repousser de cette manière et de l'empêcher de vider son sac. Mais ça aboutirait à quoi ? Une émouvante déclaration et une *happy end* dans un grand vent de fleurs ?

« Et puis tu l'as dit toi-même tout à l'heure : on n'est pas gay. Toi, tu avais une fiancée et moi, une ex-femme. »

Morte, la fiancée, se morigéna-t-il. Le tableau n'était pas si glorieux. *Sans parler du fait que tu sens encore sa peau sous tes doigts, que son odeur envahit tes narines à chaque seconde et que tu te souviens trop bien du goût de sa bouche.*

Un silence lourd suivit cet ultime et pitoyable argument. Morgan se rencogna dans son siège, l'air sombre et tourmenté, Dave martelait le volant d'un index nerveux, priant pour que cette attente interminable cesse enfin. Il se sentait malheureux, conscient de réagir comme un imbécile, effrayé par les conséquences de ce qui s'était passé la nuit dernière, persuadé que Hicks devait ressentir la même chose et incapable de trouver les mots pour empêcher que le gouffre entre eux ne se creuse davantage. De temps à autre, il sentait le regard du prof sur lui, mais s'obstinait à observer la rue, sans plus lui consacrer le moindre intérêt. Autant dire que ça n'arrangeait pas son sentiment de malaise. En vérité, il n'avait pas tout dit à son compagnon. Il n'était pas complètement novice en ce qui concernait les ébats avec un homme. Mais cela appartenait à une partie de son passé qu'il préférait garder enfoui. Si Hicks en apprenait l'existence, sûr qu'il ne voudrait plus jamais lui adresser la parole.

« Le voilà ! »

Harper accueillit cette arrivée avec soulagement. Un peu d'action lui ferait le plus grand bien. Il sortit en trombe du pickup pour intercepter Jimeno qui se dirigeait vers la maison de sa mère. Dès que celui-ci l'aperçut, il se mit à courir.

« Évidemment, ça serait trop simple », grommela David qui s'élança à sa poursuite. Le pauvre diable n'alla pas bien loin, toutefois, et fut rattrapé au bout de la rue.

« Calme-toi, lui intima le policier en le plaquant contre une voiture.

— C'est vous, je vous reconnais ! couina l'Hispanique en se débattant. Les deux gars qui s'envoyaient en l'air. »

Cela lui valut une clef de bras douloureuse de la part du lieutenant.

« Dis-nous plutôt où Myles t'avait ramassé.

— Je marchais tranquillement dans la rue, à deux pâtés de maisons d'ici, quand il m'a bloqué avec sa camionnette. Il m'a menacé avec son arme et m'a obligé à monter à bord. Après ça, il m'a dit de me déshabiller, m'a saucissonné comme un paquet de viande avant de vous appeler.

— Où t'a-t-il relâché ?

— Du côté d'East Falls », gémit Jimano.

Harper et Hicks échangèrent un bref regard. Ça ne pouvait pas être une coïncidence. Queen Lane se trouvait dans ce quartier et, par conséquent, tout près et du cimetière de Laurel Hill.

« En plus », ajouta Morgan une fois qu'ils eurent relâché leur témoin, lequel ne se priva pas de les arroser de quelques insultes homophobes avant de détaler au plus vite, « Samuel serait à une quinzaine de minutes du centre anti-cancer d'Einstein, guère plus loin que la maison que nous avons fouillée.

« — La zone à couvrir reste vaste. Et nous n'avons plus beaucoup de temps avant les infos du soir. Tu peux être certain que ton initiative va le mettre en colère et qu'il cherchera à se venger. Qui sait ce que son esprit tordu imaginera, cette fois, reprocha encore le policier.

— C'est quand même bizarre, nota le jeune homme. Sa manière d'opérer a totalement changé : d'abord des meurtres rituels et maintenant, ce déchaînement de perversité.

— Je ne vois pas ce qui t'étonne, objecta Harper. Lors du meurtre de ta fiancée, il a aussi eu deux *modus operandi* : la momification d'un côté, le viol de l'autre.

— Justement, ce n'est pas cohérent.

— Quand tu l'as rejoint, il était tout seul ?

— Oui.

— Il n'a parlé à personne d'autre ?

— Non.

— Donc, tu vois bien, argua le policier.

— Mais s'ils... s'ils étaient deux ? »

L'enquêteur se figea.

« D'où sors-tu une idée pareille ? »

Hicks haussa les épaules.

« Évite de me donner des cauchemars pour rien, tu veux », s'énerva Harper en ouvrant sa portière. Il n'arrivait pas à comprendre pourquoi il en voulait tout à coup ainsi à l'anthropologue. Au même moment, ils virent arriver la voiture de Ferguson. Morgan leur lança en plaisantant :

« Vous en tirez une tête. Brown fait une indigestion, ou quoi ? »

La blague tomba à plat. Ce fut son coéquipier qui annonça à Dave :

« Le juge t'a retiré la protection du professeur.

— Quoi... ? Mais... pourquoi ? balbutia le jeune homme atterré.

— Votre mère a fait pression en lui montrant la vidéo. Elle a défendu sa théorie du rapport sexuel sous contrainte et Harper va être inculpé.

— Le capitaine a réussi à sauver les meubles en nous confiant votre protection, indiqua Brown. Et il nous a chargés de te dire, ajouta-t-il pour son collègue, que tu avais intérêt à te remuer pour retrouver Myles avant que ce soient nos hommes qui te retrouvent. Il fera en sorte que la paperasse traîne le plus longtemps possible, mais il ne garantit rien. Les Hicks sont sur le pied de guerre et semblent avoir juré ta perte.

— Pas tous ! protesta Morgan.

— Officiellement, on t'a pas vu, insista Ferguson.

— Merci, les gars. Va avec eux, enjoignit Harper au jeune homme. Ils sauront veiller sur toi. »

Comme Hicks ne bougeait pas, Dave le poussa résolument vers les policiers. Puis il lui tourna le dos et, semblant se résigner, se dirigea vers son pickup, puis grogna :

« Et merde. »

Morgan sursauta en le voyant pivoter brusquement sur ses talons, revenir sur ses pas et le prendre dans ses bras pour l'embrasser si fougueusement que le jeune homme ne put réprimer un gémissement. Il entendit aussi Brown exhaler un « wow ! » suivi par quelques toussotements gênés.

« Fais gaffe à toi, Hicks. Ne cours pas au devant des ennuis », murmura-t-il avant de déposer un baiser sur le front du professeur et de faire demi-tour, cette fois-ci sans se retourner. Il évita de regarder le trio en montant dans son véhicule, et démarra en trombe.

DEUXIÈME PARTIE : HICKS

Chapitre 1

Trois jours.

Trois jours sans nouvelle.

Les trois pires jours de sa vie.

En façade, il réussissait à donner le change. De toute façon, ce n'était pas bien compliqué, il passait son temps dans cette chambre au décor vétuste, dont le papier peint datait très certainement des années 70. Il écrivait. Une habitude qu'il avait perdu depuis son internement, vu que les infirmiers ne se privaient pas, pour certains, de fouiller ses affaires pendant qu'il était en soins. Il vidait ainsi son sac en revenant sur ce qui lui était arrivé depuis sa sortie de l'hôpital. Sans concession, il relut le passage consacré à l'épisode du cimetière.

« Quand je me suis réveillé dans le cercueil, j'ai eu un tel moment de panique que j'ai cru étouffer. Non, ça ne s'est pas passé comme dans les films, quand on voit un pauvre type griffer le couvercle en espérant passer au travers ou je ne sais quoi. J'ai juste pensé à une chose : on allait me sauver. Dave allait me

sauver. C'était une évidence, pour moi. Il avait dû se rendre compte de ma disparition du central, il devait déjà être sur une piste, il viendrait. IL VIENDRAIT. Alors j'ai fermé les yeux. Et j'ai prié. J'ai beau aimer les mythologies, je ne suis pas certain d'être croyant au sens strict du terme. Je ne pense pas avoir sollicité une divinité, mais bien m'être tourné vers cet homme. Je n'arrive pas à comprendre pourquoi. D'où me venait cette certitude ? On parle souvent de ces miracles, de gens qui survivent des jours entiers sous des décombres, de ces vieillards qui auraient dû succomber à la faim et à la soif, de ces nourrissons qu'on sort de terre après que tout espoir a été perdu et qui respirent pourtant dès qu'on les touche. Alors pourquoi pas moi ? Pourquoi ne serais-je pas sauvé ? Qu'avais-je fait de mal pour ne pas mériter de sortir de cette tombe ?

« Lorsque Harper m'a tiré de cette horrible prison, j'ai failli l'embrasser. Pas... comme ça s'est passé ensuite, bien sûr, plus dans un élan de profonde reconnaissance. C'est peut-être ce qu'on appelle la foi, ce sentiment impossible à décrire que quelque chose, quelqu'un veille sur vous et vous soutiendra. En Afghanistan, il m'arrivait d'écouter les soldats et de leur envier cette fraternité qu'ils partageaient. On va au feu, on sait très bien qu'on peut y rester, mais on sait aussi pouvoir compter sur un ca-

marade pour assurer ses arrières. Maintenant, je sais à quoi ressemble cette appartenance.

« *Je m'emballe sans doute, détestable habitude. J'ai souvent le tort de m'enthousiasmer pour des comportements humains qui paraissent ordinaires mais dont j'ai peu été témoin dans mon enfance. Pour Harper, je ne suis sans doute qu'une victime de plus, un type qu'il doit protéger parce que c'est son boulot et rien d'autre.*

« *J'ai quand même envie de croire qu'il y a autre chose.* »

Trois jours.
Trois jours sans nouvelle.
Trois jours à se ronger les sangs.
Trois jours à s'interroger. Sur cette fameuse nuit.
Tu tiens debout parce que tu n'as pas voulu montrer à Dave dans quel état ça t'avait mis.

À l'asile, on apprend à se cacher pour se protéger, à garder secrète une partie de soi qui permet de se dire "Je ne suis pas fou. Je ne suis pas fou." *Cette porte-là n'a jamais été fermée et tu t'es engouffré dans l'espace qu'elle t'offrait pour enfouir tes sentiments.*

« *J'ai été violé et je n'en garde qu'un vague souvenir, des impressions fugaces, un trouble indéfini, la réalité d'une perte irrémédiable.*

« *Quand Dave m'a... Quand on a... Je ne sais même pas si on a vraiment fait l'amour. Ça avait tout d'un cauchemar. La voix horrible de Myles pendant qu'on baisait* (il souligna ce terme en se disant qu'il lui faudrait en trouver un plus approprié, un jour, peut-être, où le recul le lui permettrait), *ses intonations rauques m'ont ramené à cette nuit. J'ai fermé les écoutilles. J'ai senti tout ce qui se passait et les réactions de mon corps m'ont étonné. J'ai observé tout cela comme si je participais à une étude sur des pratiques sexuelles dans une tribu d'Amérique du Sud. J'ai déjà assisté à des ébats entre jeunes hommes. Peu d'intimité possible dans les huttes sommaires. L'homosexualité est universelle et admise parfois avec bien plus de sagesse que dans nos sociétés civilisées. Après tout, tant que les individus en question jouent leur rôle, contribuent à la survie du groupe et sont tous les deux consentants, pourquoi leur créer des ennuis ?*

« Mais je m'éloigne du sujet. Typique de ma part. L'habitude, depuis que je suis gosse, de dissocier ce que je vois de ce que je ressens, pour ne pas souffrir davantage. Ça n'était pas toujours très efficace face aux bourreaux qui ont émaillé ma scolarité.

« Dès que je ferme les yeux, je revois cette scène. Le visage de David, surtout. Je ne pensais pas lire de la peur sur son visage, mais elle était là. Il affronte des trafiquants, des

meurtriers, mais ce soir-là, il ne contrôlait plus rien. Myles nous tenait. Plus tard, il s'est avéré que Jimeno n'avait rien d'un ange, mais aurait-il mérité de mourir pour autant si on avait refusé ? »

Il souligna le mot ange. Pas pour le supprimer, non, mais pour l'entendre de nouveau dans la bouche de Harper : *"Reste avec moi, mon ange."* Personne ne lui avait parlé ainsi. Pas avec cette... tendresse. Le besoin de protéger du policier s'était traduit dans cette simple phrase. Impossible ensuite de percer l'armure. Son unique tentative avait provoqué chez le lieutenant une réaction épidermique. La manière dont il avait prononcé le mot "répugnant" avait secoué le jeune homme, plus qu'il n'avait voulu l'admettre sur le moment. Il s'était senti rabaissé, humilié, comme ces fois où on l'avait enfermé dans les vestiaires pour lui faire une mauvaise blague. Il y avait passé toute la nuit à pleurer sur son sort. En verrouillant son ressenti, Dave l'avait renvoyé à cette époque et il lui en avait voulu.

Jusqu'au baiser.

Morgan se souvint du pas décidé du policier qui s'éloignait vers son pickup, de l'hésitation qu'il avait semblé marquer tout à coup, de son exclamation qui l'avait forcé à se retourner pour le voir foncer droit vers lui.

Et l'embrasser.

Pas de contrainte, cette fois. Pas de menace. Des témoins assurément surpris par cette scène, mais rien de comparable avec ce qui s'était passé la nuit précédente.

Un vrai baiser.

Un baiser d'adieu ? Il en avait eu le goût, en tout cas, et le jeune homme n'en pouvait plus de se ronger les sangs. Il abandonna ses feuillets pour se planter devant la fenêtre de la chambre et jeter de temps à autre un regard vers la cour en contrebas.

Depuis trois jours, il n'avait pas quitté cet endroit, sauf pour se rendre chez le juge, et ignorait tout de la progression – ou non – de l'arrestation de Myles. Tout de David Harper, aussi. On le tenait au secret. Ferguson ne plaisantait pas avec le règlement. C'était un type bien, une force de la nature débonnaire mais têtue comme une mule.

Comme les prisonniers, Hicks avait droit à sa promenade d'une heure, deux fois par jour, dans la fameuse cour, mais il en connaissait déjà les moindres recoins.

Pendant ce temps, Samuel Myles courait toujours et Dave était dans la nature.

Ce qui alimentait sa peur, c'était que le meurtrier tue Harper, bien que le policier ne manquât pas de ressources.

T'es qu'un sentimental, Hicks. Tu crois vrai-

ment qu'un type comme Myles pourra en venir à bout ?

En outre, le lieutenant disposait d'un avantage non négligeable, avec ses sens plus développés que la normale.

OK, mais cela lui permettra-t-il d'éviter les balles ?

Comme Morgan l'avait confié à sa plume, il était de plus en plus convaincu que Myles n'agissait pas seul. Il y avait trop de différences entre la méthode employée pour tuer quatre personnes – dont sa fiancée, Maya Sanchez – et le comportement totalement erratique dont il avait pu être témoin depuis que leurs routes s'étaient de nouveau croisées.

D'un côté, on avait quatre victimes de rituels mortuaires extrêmement précis, reproduisant jusque dans les moindres détails des cérémoniels plus ou moins antiques. De l'autre, un pervers narcissique qui prenait son pied en terrorisant des innocents. Myles avait totalement dérapé. Lorsqu'il l'avait découvert par l'intermédiaire de la messagerie vidéo employée pour assister à leurs ébats, Morgan n'avait vu que l'ombre du brillant chercheur qu'avait été son ancien étudiant, désormais rongé par le cancer, la rage et la frustration.

Face à cela, quelqu'un avait pris le temps de momifier une personne en prélevant les organes et en l'embaumant ; ou bien encore avait fait bouillir un corps pour récupérer les os, placés ensuite méthodiquement dans la volière de deux vautours de Turquie.

Quelqu'un qui avait prévu qu'on ferait appel à Hicks pour décoder ses pratiques.

Quelqu'un qui s'était arrangé pour que les corps soient découverts par la police de Philadelphie selon un planning bien précis.

Quelqu'un qui savait que le lieutenant Dave Harper serait chargé de l'enquête.

Quelqu'un qui connaissait le lien entre les deux hommes.

Oui, de premier abord, ça pouvait être Myles, qui faisait partie de l'équipe du professeur quand ce dernier s'était rendu en Afghanistan afin d'expertiser les dégâts engendrés par le pillage et les destructions systématiques des Talibans. Lors de cette mission, le lieutenant Harper avait été chargé de la sécurité de son équipe.

Le regard perdu dans le vide, Morgan se remémora son séjour dans les montagnes.

Quatre ans plus tôt.

En sortant de sa tente, Morgan fut assailli par la forte chaleur qui régnait déjà sur le plateau. Le soleil se levait à peine, pourtant, et on était à la fin de l'été.

Un mouvement à la limite de son champ de vision obligea l'anthropologue à tourner la tête.

Ce qu'il découvrit le fit sourire. Les trois collègues féminines de leur expédition semblaient particulièrement intéressées par le spectacle qui s'offrait à elle : les militaires qui les escortaient s'entraînaient "à la fraîche" et, à leur tête, le lieutenant Harper n'était pas le plus désagréable à regarder.

Je me demande comment il fait pour être autant en forme, s'était demandé Hicks la première fois qu'il l'avait vu. Sous ses yeux, une partie de la réponse. *Ce gars est impressionnant, tout de même.* Grand, brun, la trentaine, Harper dirigeait sa section avec une efficacité redoutable. À se demander d'ailleurs si ce type savait s'amuser, tellement il semblait maître de lui. Morgan pensait bien que oui et que ça devait être un spectacle qui faisait chavirer les cœurs de ces demoiselles.

« Quel cador ! » entendit-il pester sur sa gauche.

Quand il tourna la tête, il croisa le regard de Samuel Myles qui, comme lui, était en arrêt devant les prouesses physiques des soldats qui les escortaient.

« Il ne peut pas s'empêcher d'en faire des tonnes. N'importe qui peut avoir l'air d'un héros avec un fusil d'assaut à la main », argua l'étudiant avec hargne.

Hicks se garda de lui répondre qu'on pouvait

aussi avoir l'air d'un terroriste, préférant admirer le spectacle. Souplesse, coordination, précision. *Qu'on me donne un fusil et je serais bien fichu de me tirer dans le pied.*

« Vous n'êtes pas d'accord avec moi ? le relança Samuel. Pourtant, vous n'arrêtez pas de l'asticoter, le beau lieutenant. On se demande bien pourquoi. »

Oui, même lui, ça l'étonnait. Dès qu'il en avait l'occasion, il défiait le militaire, au risque de mettre sa sécurité et celle de son équipe en danger. C'était idiot. *Sans doute parce que je sens chez cet homme une droiture qui m'impressionne, et que j'ai du mal à m'y faire. Les gens sont si décevants, à la longue. Qu'on gratte un peu la surface et on se retrouve bien déçu par le vide qu'on découvre en-dessous.* Harper, c'était un granit. L'homme se redressa après une série de mouvements souples. Morgan sentit son regard gris sur lui. *Il doit se demander pourquoi je le reluque de la sorte.*

« Salut, lieutenant ! » lui lança-t-il d'un ton enjoué.

L'autre feignit de l'ignorer, lança sans doute quelques instructions à ses hommes, avant de quitter le terrain d'entraînement délimité par les bardas posés au sol. Il attrapa le sien, passa devant le professeur sans daigner le regarder et se glissa sous sa tente. *On va dire que lui et moi, c'est le grand amour*. Morgan guetta sa silhouette derrière la toile tendue et détourna les yeux en constatant que Harper se déshabillait. *Laisse ça aux filles, ça leur fera des histoires à se raconter.* Il ramassa ses outils, signifia à Myles et Bridgeman, un autre étudiant, de le suivre, avant de se diriger vers les grottes qu'ils souhaitaient explorer.

Durant toute la durée de l'expédition, les deux hommes s'étaient jaugés, gardant leur distance, respectant les domaines d'expertise de chacun. La glace n'avait jamais été brisée. Le lieutenant était resté sur sa réserve, glacial mais courtois. Hicks, lui, était trop préoccupé par ses recherches pour daigner s'intéresser au militaire plus que comme à un spectacle intrigant.

Et maintenant, tu t'inquiètes pour lui. À chaque minute qui s'écoule sans que tu saches où il est. L'attachement qu'il portait à l'enquêteur l'étonnait pour le moins. À quoi cela tenait-il ? Au fait qu'ils se connaissaient déjà ? Qu'il savait combien cet homme était fiable ? Devait-il remercier Myles pour leurs retrouvailles... ou son mystérieux complice ? Certainement pas, décida le jeune homme.

Le tonnerre sembla approuver cette pensée en grondant bruyamment au loin. Quelques instants plus tard, une pluie diluvienne s'abattit sur la ville, formant un rideau compact devant la fenêtre qui n'offrait plus rien à contempler.

La seule chose positive dans cette histoire, c'était qu'il recouvrait jour après jour ses capacités intellectuelles. Quand Harper était venu le chercher à l'hôpital, il n'était qu'une loque. Depuis, les tremblements avaient cessé, son cerveau fonctionnait à plein régime. Pour ce que cela lui servait, enfermé ici !

La pluie, si tant est que cela fût possible, redoubla, frappant les carreaux de la fenêtre avec hargne. Dans la cour, une lumière se dessina sur le béton, Morgan plissa les yeux, distingua une forme rapide qui se glissait dans la maison. Il se jeta en arrière, persuadé d'avoir aperçu un intrus. Il y eut du raffut au rez-de-chaussée, des éclats de voix, puis quelqu'un grimpa les marches quatre à quatre. On frappa à la porte. Le professeur s'était armé d'un des vases odieux qui servaient de décoration à la chambre. On tourna la poignée, Hicks arma son bras. Lorsque le battant s'ouvrit, il se jeta sur l'assaillant.

En un mouvement d'une redoutable efficacité, Harper le désarma et le plaqua contre le mur.

« Morgan ! Mais enfin, qu'est-ce qui te prend ? »

Le jeune homme hoqueta de surprise, tandis que David reposait le vase sur la commode.

« Qu'est-ce que tu fiches ici ? s'exclama Morgan, estomaqué. Comment... ?

— Je connais toutes les planques de la police en ville. Je savais que Ferguson et Brown t'emmèneraient ici. J'y comptais, même, pour pouvoir me changer. Tu permets que j'utilise la salle de bains ?

— Mais...

— Je vais prendre ça pour un oui. »

Avant que Hicks ait eu le temps de se remettre de ses émotions, il vit le policier se débarrasser de sa veste trempée, qu'il lui colla dans les bras, pour se mouvoir ensuite dans la pièce, comme s'il était familier des lieux, avant de prendre une serviette dans l'armoire.

Morgan garda ses yeux rivés sur la porte par laquelle le lieutenant avait disparu. Il écouta l'eau couler, joua un instant avec un fantasme inédit, avant de soupirer longuement. Il doutait de recevoir un accueil enthousiaste. Il examina la veste et constata quelques accrocs, et une tache de sang qui l'inquiéta au plus haut point. Il n'avait pas eu le temps d'observer l'enquêteur avec attention. Était-il blessé ?

Lorsqu'on frappa à la porte, Morgan renonça à s'armer d'un quelconque bibelot et ouvrit à Brown. D'un mouvement de la tête, le professeur indiqua au flic que son collègue était dans la salle de bains, puis accepta le plateau qu'il lui tendait et sur lequel s'entassaient des sandwichs qui semblaient délicieux.

« De la part de Connor. Elle est allée les chercher chez son fournisseur habituel.

— Merci.

— Si vous avez besoin, on est en bas. Essayez de le convaincre de prendre un peu de repos. Il a une tête de déterré. »

Cette loyauté émut le jeune homme. Les deux policiers couvriraient Harper. Cette nuit, au moins, il aurait un endroit où dormir sans craindre pour sa vie.

« Tu t'es coupé les cheveux. »

Hicks pivota sur ses talons. Tout droit sorti de ses fantasmes, Dave se tenait appuyé contre le chambranle de la porte, une serviette autour de la taille. Les mains de Morgan se crispèrent en notant l'énorme bleu qui assombrissait le flanc gauche de Harper, les contusions sur ses mains, la coupure à sa lèvre inférieure.

« Qu'est-ce qui t'est arrivé ?

— Des gars m'ont pris pour un autre gars, répondit le policier avec un geste évasif. J'aime bien ta nouvelle coupe. »

Une idée stupide de sa mère, qui déplorait qu'il ait une tête affreuse lors de ses passages (involontaires) à la tv. Elle avait fait venir son coiffeur personnel à l'occasion d'une de leurs entrevues au central. Morgan ne pensait pas que ça lui vaudrait des compliments.

Dave attrapa l'un des sandwichs, puis s'installa sur le fauteuil le plus éloigné du lit.

« Où étais-tu passé ?

— J'ai arpenté East Falls en long, en large et en travers, mais aussi Germantown et Roxborough-Manayunk, pour éviter de trop me faire repérer et en me disant que Myles pouvait tout aussi bien y être, vu que ça se touche », expliqua David entre deux bouchées.

Morgan s'assit face à lui, le plateau sur les genoux.

« J'ai essayé de convaincre ma mère d'abandonner les poursuites. Elle ne veut rien entendre.

— Tu ne manges pas ? éluda le lieutenant.

— Je n'ai pas faim.

— Je peux ? »

Un second sandwich fut englouti en quelques minutes.

« Dave ?

— Hmm ?

— Tu restes ? »

Le lieutenant secoua la tête.

« Je me change et je file. »

Pas question.

Le plateau finit sur la table. Morgan s'approcha de Harper qui avait de la sauce au coin des lèvres. *OK, sexy, voyons voir si je peux te faire comprendre le message. Ou si je me suis carrément fourvoyé depuis la dernière fois.*

Le cœur battant, car il ignorait quel accueil lui serait réservé, il se pencha et s'appliqua à lécher les lèvres de Harper à petits coups de langue tentateurs. D'abord stoïque, le policier finit par craquer et lui accorder ce qu'il voulait. Quand il sentit ses mains sur ses hanches, Hicks s'agenouilla.

« Démon, souffla Dave d'une voix rauque.

— Je croyais que j'étais ton ange », lui rappela le jeune homme en égrenant des baisers sur sa poitrine, puis s'enhardissant jusqu'à taquiner un mamelon jusqu'à ce qu'il durcisse sous ses lèvres. Il devint rapidement évident que quelque chose se passait sous la serviette. Morgan décida d'aller y voir de plus près et la dénoua.

« Non », tenta de l'en empêcher Harper en saisissant ses poignets.

Il secoua encore la tête, l'air franchement paniqué, avant de le relâcher.

« Je ne suis pas venu pour ça. »

Le ton de sa voix refroidit le jeune homme qui se releva, troublé, honteux, furieux.

« Alors explique-moi ce baiser ? s'écria-t-il en serrant les poings. Et cette... cette tenue ! Je suis censé comprendre quoi, moi ? »

Le lieutenant l'observa sans rien dire. Morgan se sentit encore plus idiot, ce qui accentua sa colère. Tout ce qu'il avait vécu ces derniers jours lui revenait à la figure. Et ce rejet, c'était la goutte d'eau. Il sursauta en sentant le policier tout proche et leva les yeux pour le défier.

« Je n'avais pas l'intention de me montrer brutal, désolé.

— Raté, reprocha Hicks. Enfile une chemise, dans ce cas et... et un pantalon. »

Parce que Harper tardait à réagir, le professeur se dirigea rageusement vers l'armoire pour l'ouvrir à la volée. Il attrapa les vêtements et les jeta par-dessus son épaule. Un "humpf !" outré lui parvint et quand il se retourna, il découvrit Dave en train de se débattre avec ce qu'il lui avait lancé – Morgan avait presque vidé l'armoire et il y en avait dans toute la pièce. Ce spectacle suffit à calmer sa colère et un rire incontrôlable lui monta à la gorge. Il lui fallut un long moment pour se calmer.

« Je crois que je t'ai fait une scène.

— Ça en avait tout l'air », maugréa David en ramassant les habits. Mais sur son chemin, il se retrouva nez à nez avec le jeune homme qui n'en avait pas fini et qui, profitant du fait que le policier avait les mains prises, lui rendit un baiser identique à celui qu'ils avaient échangé avant son départ. La serviette trouva alors opportun de glisser des hanches du policier et de finir par terre.

« Tu m'as manqué. Je m'inquiétais. »

La main de Morgan se referma sur l'érection de Harper, qui poussa un râle de surprise et de plaisir mêlés. Son bassin bougea de manière irrépressible, encourageant le professeur à aller plus loin. Ce dernier était toutefois plutôt impressionné par la suite. Fantasmer était une chose, concrétiser une autre ! Il gagna un peu de temps en poussant le policier jusqu'au fauteuil qu'il occupait quelques minutes plus tôt. Il s'agenouilla, ses lèvres se posèrent sur le gland écarlate. Harper eut un sursaut, baissa la tête, haleta lorsqu'il découvrit le spectacle que Morgan lui offrit en ouvrant la bouche et en laissant sa langue parcourir la verge érigée. David se redressa légèrement et caressa les cheveux de son partenaire. Un sourire éclaira les yeux du professeur. C'était plus fort que lui, Dave ne pouvait pas s'empêcher de jouer les protecteurs. Mais tout allait bien. Morgan lui effleura le bras pour le rassurer sans s'arrêter pour autant.

Harper gémissait son nom et des paroles sans suite. Hicks rougissait en l'entendant. Sans parler de l'état dans lequel il se mettait lui-même ! Il finit par déboutonner son pantalon pour se sentir moins à l'étroit. Sa main se perdit dans son caleçon. La sensation que lui procurèrent ses propres doigts sur son érection lui arracha une plainte. Il peinait à garder le rythme, cependant que Harper lui lançait un avertissement. Il eut juste le temps, un peu paniqué, de s'écarter avant le moment fatidique. Il contempla David qui, arc-bouté, semblait près d'exploser. Une dernière et longue caresse acheva de le conduire à l'orgasme.

Plutôt fier de lui, le jeune homme utilisa la

serviette pour essuyer le policier qui reprenait peu à peu son souffle.

« Viens par ici », l'invita Dave.

À peine fut-il installé sur ses genoux que Harper l'embrassa, tout en insinuant sa main dans son pantalon.

« Je veux ma revanche, petit démon. »

Morgan était déjà incapable de lui répondre. La conjugaison de la langue inquisitrice et des doigts aventureux le conduisit rapidement vers des sommets insoupçonnés. La langue revint, toujours aussi redoutable. Le rythme des caresses s'accéléra encore. Les mouvements du professeur devinrent erratiques.

Dave étouffa d'un baiser le cri de son amant, lorsque l'orgasme le secoua tout entier, et maintint son impitoyable étau, jusqu'à ce que le sexe de Morgan perde sa vigueur dans sa main.

Suivirent des cajoleries, des soupirs et des efforts infructueux pour lutter contre la torpeur.

« Reste », supplia encore Morgan avant que ses paupières ne s'alourdissent et que son corps ne s'abandonne.

Chapitre 2

Quand Morgan se réveilla, il ne put que constater le départ du policier. Avec un soupir, il écarta les bras, occupant toute la largeur du lit, et contempla le plafond.

La première fois, c'était sous la contrainte, ce coup-ci, tu lui as carrément fait du rentre-dedans. Es-tu sûr de ce que tu cherches ?

Le soulagement de le voir en vie, l'envie de le retenir, de l'empêcher de retourner affronter le danger... Il avait foncé tête baissée, hier soir, et ne pas retrouver Dave auprès de lui au réveil le plongeait dans un nouveau tourment. *D'un autre côté, si j'ai fait le premier pas, il ne s'est pas tant retenu pour me suivre.* Piètre consolation. La chambre lui parut encore plus sinistre.

En plus, je ne sais même pas comment l'aider.

Pour la première fois, posséder un Q.I. supérieur à la moyenne ne lui apportait aucun réconfort. Il n'avait même pas pu discuter avec le lieutenant de sa certitude grandissante que Myles n'agissait pas seul.

Trois coups à la porte. Hicks remonta les draps sur son torse nu et lança un « Oui ? » qui précéda l'entrée de Connor dans la pièce.

« Dites donc, la marmotte, il va falloir vous lever », le réprimanda-t-elle.

Il attrapa sa montre sur la table de chevet et constata l'heure tardive.

« Vous avez vu Harper ? demanda-t-il, plein d'espoir.

— Non, paraît qu'il est parti au petit matin. »

Peut-être a-t-il dormi un peu, songea le professeur. La policière lui lança son caleçon et son pantalon à la figure.

« Traînez pas. On doit bouger. »

Elle ne lui en dit pas plus avant de quitter la chambre. Il se hâta dans la salle de bains en se disant qu'il aimait décidément cette fille pétillante, dotée d'un sacré sens de la répartie et qui ne s'en laissait pas compter par ses collègues masculins. *C'est elle que j'aurais dû avoir comme petite sœur.* Comme petite sœur, vraiment ? En d'autres circonstances, il l'aurait certainement invitée à dîner. *Alors c'est ainsi que ça va se passer, maintenant ? Je ne regarderai plus les filles de la même façon...*

Cette réflexion le conduisit à repenser à Rachel. Ses rapports avec cette dernière avaient toujours été compliqués. Nés de pères différents, ils n'avaient jamais trouvé le moyen de se rapprocher. À l'entente cordiale de l'enfance avaient succédé l'indifférence totale puis le franc mépris, du jour où Morgan avait annoncé qu'il acceptait le poste d'anthropologue à l'université. Passait encore qu'il suive des études, cela pouvait toujours servir à un Hicks, mais qu'il veuille exercer un emploi, ça devenait grotesque. Il avait délaissé l'empire familial pour aller déterrer des cadavres aux quatre coins de la planète. Une absurdité jamais pardonnée.

Le professeur s'en fichait. Il n'était jamais aussi heureux que sur le terrain, au contact des populations locales, étudiant leur rapport à la vie à travers celui qu'elles entretenaient avec la mort.

Mais tout ça avait changé le jour où Maya avait été assassinée.

On lui avait coupé les ailes. Cloué au sol par le chagrin, il n'avait même pas lutté quand on était venu l'arrêter, puis quand on l'avait enfermé dans cet hôpital. Il n'avait plus la force. Il avait éperdument aimé Maya. Elle se moquait de sa fortune. Pour elle, seul existait le professeur Hicks. Elle s'enthousiasmait pour ses projets, l'encourageait à prendre des initiatives. Une amie autant qu'une amante. Du moment où il avait croisé ses grands yeux noirs, il s'était senti libre. Son rire lui manquait toujours. Il considérait sa mort autant comme une perte incommensurable que comme un gâchis sans nom.

Voici qu'à présent il éprouvait quelque chose de tout à fait semblable pour David Harper.

Un homme.

La gent masculine, comme il l'avait révélé au policier, n'avait suscité en lui que méfiance ou indifférence. Son père avait quitté sa mère alors qu'il avait trois ans. Il n'en conservait qu'un souvenir imprécis, mais gardait gravé en lui le chagrin de Samantha Hicks – qui avait reporté sur son fils toute l'affection que son ex-mari lui avait refusée. Pendant encore trois ans, Morgan et sa mère avaient vécu tous les deux une relation quasi-fusionnelle, jusqu'à ce qu'elle rencontre le père de Rachel. Du jour au lendemain, Morgan avait été arraché aux étreintes maternelles, Samantha préférant courir les mondanités en compagnie de son nouvel époux. Bien évidemment, elle avait continué de s'occuper de son fils, lui offrant les meilleures écoles, engageant pour lui des professeurs particuliers. Tout ce qu'il réclamait, il l'obtenait.

Néanmoins, la froideur de son beau-père avait toujours représenté un obstacle. Leur relation avait déteint sur celle qu'entretenait Morgan avec sa demi-sœur. On emmenait cette dernière en vacances, mais pas l'aîné qui restait à la maison pour étudier. On assistait aux spectacles de Rachel, à son bal de promotion, à toutes ces activités pour lesquelles le jeune homme, de toute façon, n'avait jamais manifesté beaucoup d'intérêt. Cela l'avait conforté dans l'idée que les hommes ne l'aimaient pas. Pendant toute sa scolarité, puis ses études, le petit génie n'avait récolté que moqueries, scepticisme, rejet de la part de ses camarades masculins. En outre, les filles lui tombaient dans les bras, ce qui attisait les jalousies.

Dave était le premier à avoir fait preuve envers lui de respect et de sympathie. Sa proposition de l'accueillir chez lui pour assurer sa protection avait stupéfait Hicks. Surtout vu leurs débuts ! Et si le policier s'était montré un peu brusque, ce n'était pas par animosité mais par maladresse, ce que le jeune homme avait trouvé touchant.

« Prof ! cria Connor depuis le rez-de-chaussée, magnez-vous !

— J'arrive », lança-t-il à la jeune femme tout en refermant son sac. Comme il s'apprêtait à prendre aussi le plateau apporté la veille, il remarqua sur celui-ci une feuille de papier. Un moment, il craignit que Harper n'ait jeté un coup d'œil à ses écrits. Difficile de les rater puisqu'ils étaient restés sur la table, près du plateau. Mais il constata que la liasse n'avait pas bougé depuis la veille. Preuve de délicatesse. Mieux encore : en s'approchant, Morgan découvrit une esquisse le représentant endormi, avec pour légende : « *Tu as l'air d'un ange quand tu dors, mon petit démon* », le tout signé par Harper.

« Oh ! » s'exclama-t-il, étonné tout autant par cette attention que par la découverte du talent caché du policier. Le lieutenant avait un sacré coup de crayon. Hicks récupéra le feuillet et le glissa avec les autres à l'intérieur de sa pochette, qu'il embarqua avant de quitter la chambre.

« Pourquoi s'en va-t-on ? s'enquit-il une fois en bas des escaliers.

— On préfère ne pas rester longtemps au même endroit, l'informa Connor. On vous escorte jusqu'à une nouvelle planque. »

Elle dut deviner son inquiétude, car elle ajouta :

« Harper n'aura aucun mal à nous retrouver. J'espère juste qu'il sera le seul. »

Il opina, comprenant sa préoccupation, puis la suivit jusqu'à la voiture qui l'attendait dehors. Il fut surpris de découvrir le capitaine Fisher au volant.

« Moins de personnes sont au courant de votre localisation, mieux je me porte », précisa le supérieur de David après avoir démarré. « Votre famille a largement de quoi acheter cette information à mes gars... qui restent des hommes. »

Il partageait la méfiance de Harper vis-à-vis de Samantha Hicks. Morgan pouvait difficilement lui en vouloir, car sa mère leur donnait du fil à retordre. À croire qu'elle voulait de nouveau honorer ses engagements maternels en le maintenant à l'hôpital et en l'empêchant de vivre sa vie. Sans doute craignait-elle qu'une autre Maya ne mette le grappin sur son fils et ne l'éloigne d'elle, quand l'inverse ne la dérangeait pas.

Sur le trajet, ils reçurent un message urgent auquel Fisher dut répondre. Le professeur ne comprit pas tout du jargon de la police, sinon qu'on avait retrouvé un homme au bord de la rivière Wissahickon, à l'endroit où l'enjambait la route de Walnut Lane. Hicks tiqua : ce n'était pas loin d'East Falls ! Pourvu que... Cependant, le visage du capitaine ne trahissait aucune espèce d'inquiétude. Si Harper avait été concerné, Fisher l'aurait su.

Ils effectuèrent un demi-tour sur les chapeaux de roues, car ils se dirigeaient complètement à l'opposé. Ils foncèrent toutes sirènes hurlantes, ce que Morgan aurait sans doute apprécié étant gosse, beaucoup moins à un âge où il se rendait compte des risques que prenait le capitaine pour arriver sur place au plus vite. Le café qu'il avait ingurgité avec peine, accompagné de quelques gâteaux secs, se manifesta de façon très désagréable dans son estomac.

Aussi, quel ne fut pas son soulagement d'arriver enfin sur place !

« Vous restez dans la voiture.

— Pas question ! protesta Morgan. Le type est déjà mort, non ? Que voulez-vous qu'il me fasse ? »

Fisher marmonna des paroles incompréhensibles avant de quitter son siège. Connor l'imita, le professeur en fit autant.

« Ça risque de ne pas être beau à voir.

— J'ai l'habitude des cadavres.

— Pas aussi frais », rappela la jeune femme.

Il eut en effet un haut-le-cœur, mais pas pour la cervelle répandue sur le sol, ni le regard exorbité posé sur lui, mais parce qu'il reconnut aussitôt la personne à qui ils appartenaient.

« Myles, souffla-t-il avec stupeur.

— La mort est récente. Deux, peut-être trois heures, les informa le légiste.

— C'est le suspect que nous cherchions ? » demanda le capitaine en se tournant vers le jeune homme pour avoir une confirmation.

Ce dernier opina.

« On l'a poussé, ajouta le médecin. Il est tombé trop loin de la rambarde pour qu'il en soit autrement. »

— C'est ennuyeux. Très ennuyeux, même. Il ne pourra jamais corroborer vos hypothèses, ni confirmer sa responsabilité dans ce qui s'est passé ce soir-là chez Harper.

— Il reste Jimeno, indiqua Hicks, plein d'espoir.

— Introuvable. Il n'est pas rentré chez lui », le contredit Connor.

Et les derniers à l'avoir vu sont Dave et moi.

Un mauvais pressentiment l'assaillit. Ce

n'était pas le corps qui ne sentait pas bon – quoique – mais ce qu'il impliquait.

Myles ne s'était pas jeté dans le vide, on l'avait poussé... Rectification : on l'avait tué ! Dans un endroit quasi-désert à cette heure. Sans témoin, il ne resterait donc que les indices collectés sur la dépouille pour déterminer les circonstances de ce meurtre.

Les traits soudain tendus du capitaine confirmèrent les craintes de Morgan. Il le vit s'approcher du légiste, échanger quelques mots avec lui.

« Faites vite, doc », comprit-il.

L'expert hocha la tête avant de remballer son matériel. Le corps fut ensuite rapidement emporté jusqu'aux services médico-légaux.

Le professeur rumina ses inquiétudes pendant le reste du trajet.

« Capitaine, un mot, sollicita-t-il une fois qu'ils eurent rejoint la nouvelle planque. Cela ne vous paraît pas étrange que Myles soit retrouvé mort dans de telles circonstances ?

— Si, confirma Fisher. Ça sent le coup monté à plein nez. Harper en cavale aurait toutes les raisons de s'en prendre à l'homme responsable de sa situation. La vidéo de vos ébats constitue, en outre, un mobile parfait... trop parfait.

— C'est bien ce que je craignais. »

Morgan sentit un poids énorme s'abattre sur ses épaules.

« C'est de ma faute, murmura-t-il.

— Pourquoi dites-vous une chose pareille ? releva le gradé.

— Dès sa première visite à l'hôpital, j'ai lourdement insisté auprès de votre lieutenant pour qu'il me consulte pour cette affaire. Sans doute cette requête a-t-elle résonné comme un appel au secours. Et je ne vois pas David refuser d'aider quelqu'un. Ce faisant, c'est lui qui se retrouve en danger.

— Vous oubliez la devise de cette ville[4], tout autant que celle de sa police[5] . Harper n'a rien fait d'autre que son métier en vous sortant de cet asile. Même si je n'ai pas bien compris ses motivations au départ, force m'est de constater qu'il avait raison, une nouvelle fois : vous étiez accusé à tort et nous laissions un tueur en liberté à Philly. C'était tout à fait inacceptable. »

Comme Hicks hésitait à lui révéler la tournure qu'avait pris leur relation, le capitaine le devança :

« Votre vie privée, dès lors qu'elle n'empiète pas sur le fonctionnement de mon service, ne me regarde en rien, professeur. J'aimerais néanmoins qu'elle reste privée. »

Ça n'avait rien d'une bénédiction, mais au moins n'était-ce pas une accusation.

---

[4] Devise de Philadelphie : « Que l'amour fraternel continue. »
[5] Devise de sa police : « Honneur, service, intégrité. »

« Message bien reçu, capitaine.

— Et faites confiance à Harper. Il a de la ressource », ajouta Fisher avant de retourner à sa voiture. Mais Morgan l'intercepta au moment où il ouvrait sa portière.

« Je pense qu'il y a quelqu'un d'autre.

— Quelqu'un d'autre ?

— Qui tire les ficelles. Qui a manipulé Myles. Je ne dis pas que ce dernier était un ange, mais certains éléments de cette affaire m'ont l'air pour le moins contradictoires. »

Il lui fit part de ses observations.

« Vous savez que vous parlez comme un flic ? constata Fisher une fois qu'il eut terminé. Très bien, je vais demander à mes enquêteurs de prendre en considération cette possibilité. Pendant ce temps, gardez profil bas, suivez les consignes pour votre protection. Je vous garde au secret, même si Myles est hors d'état de nuire. J'espère prolonger ça le plus longtemps possible, bien que je me doute que votre mère ne va pas me lâcher tant qu'elle ne vous aura pas récupéré. Ça nous laisse au final peu de temps pour prouver l'existence d'un complice, conclut-il avec une grimace.

— J'ai une bien meilleure idée », suggéra Hicks, saisi par une soudaine inspiration. « Et vous n'allez pas aimer du tout. »

Connor retira sans ménagement la cagoule

qui masquait le visage d'Abigail Burney, afin de l'empêcher de déterminer l'endroit où aurait lieu l'interview. Puis la policière fouilla la jeune femme, ainsi que son sac, récupéra le portable et affirma qu'elle le rendrait à l'issue de l'entretien, une fois Burney ramenée à bon port. Dans la pièce, tous les rideaux étaient fermés, seule une lampe éclairait le professeur.

« J'ai cru étouffer, là-dessous, ronchonna la jolie reporter en manière de préambule. Vous et Harper, vous m'en faites décidément voir de toutes les couleurs.

— Nous sommes obligés de prendre nos précautions. Un tueur rôde en ville et il semble déterminé à nous nuire.

— Je croyais que Samuel Myles était mort. C'était bien votre principal suspect ? attaqua la journaliste en jouant cartes sur table.

— Myles n'était qu'un pantin. Je suis convaincu qu'un autre agit dans l'ombre.

— Ou une autre. Vous avez fait des malheureuses avec cette vidéo. Mince, je ne pensais vraiment pas que Harper était gay. »

Morgan préféra ne pas réagir à cette provocation. Constatant que sa tactique d'approche ne fonctionnait pas, Abigail finit par s'asseoir. Elle prit le calepin qu'on avait laissé à sa disposition sur le guéridon, grimaça en découvrant le crayon, soupira.

« On est au XXIème siècle. Les notes se prennent sur les smartphones.

— Il faudra vous en passer. Je ne veux pas que quoi que ce soit fuite de cet entretien avant qu'il ne soit terminé.

— Est-ce que je peux espérer revoir ma famille ce soir ? le nargua encore la journaliste.

— Les accusations qui pèsent sur David Harper sont infondées. Rien, dans notre relation, ne repose sur la contrainte, se lança Morgan en mettant le plus de conviction possible dans ses propos.

— Sans blague, ricana Burney. Non parce que clairement, sur la vidéo, vous prenez votre pied, tous les deux.

— Cette vidéo a été prise à notre insu », objecta-t-il en tentant de garder son calme, alors que la moutarde commençait à lui monter au nez. « Et tournée dans des conditions qui, elles, nous ont été imposées. Néanmoins, si on me demande de témoigner à la barre au cours d'un quelconque procès qu'on souhaiterait intenter au lieutenant, je nierai le viol.

—Vous prêchez une convertie. Dites-moi plutôt quelque chose que j'ignore. C'est pour ça que j'ai accepté cette mascarade.

— Myles a été tué par son complice.

— Pour quelle raison aurait-il voulu s'en débarrasser, si tant est qu'il existe ? »

Elle avait retrouvé sa morgue de reporter et ne lâcherait plus le morceau.

« C'est moi qui suis visé depuis le début. Quelqu'un veut me nuire. Quelqu'un qui a aussi pris le lieutenant Harper pour cible.

— Dans le deuxième cas, je peux vous fournir une liste longue comme mon bras de prétendantes éconduites. Dans le premier, qui pourrait vous en vouloir ? Pardonnez-moi mais, au final, vous n'êtes qu'un prof de fac. Vous avez renoncé à jouer un rôle quelconque dans l'empire familial, et on ne tue pas les gens parce qu'ils ont un Q.I. supérieur à 140 », asséna-t-elle, démontrant qu'elle avait fait ses devoirs.

« Miss Burney, je ne suis pas là pour me vanter d'un quotient intellectuel au-dessus de la norme, ni pour étaler la fortune de ma famille. Je suis là pour défendre un homme. David Harper risque sa vie au moment où je vous parle. Parce qu'il a décidé de m'aider. Ma mère semblant considérer que mon avis ne compte pas ou a été faussé d'une façon ou d'une autre, je me vois dans l'obligation de lui forcer la main. Voici pourquoi j'ai décidé de ne plus subir ~~dans~~ cette histoire, mais de prendre les devants.

— Et de quels avantages disposez-vous, pour vous jeter ainsi dans la fosse aux lions ?

— D'un appartement dans un des quartiers les plus huppés de Philadelphie, que je vendrai pour le dollar symbolique à la personne qui me fournira l'information que je cherche. Mes comptes sont encore sous tutelle, déplora-t-il, et... le capitaine Fisher a désapprouvé toute récompense pécuniaire.

— Vous allez être submergé d'appels ! s'exclama la jeune femme.

— Je ne fournirai aucun numéro de téléphone, rétorqua calmement le professeur.

— Mais...

— C'est vous qui allez jouer les intermédiaires.

—Vous me voyer annoncer un truc pareil à mon rédacteur en chef ? s'esclaffa-t-elle.

— J'imagine en effet d'ici les dollars s'allumer dans ses yeux quand il calculera les retombées économiques. L'exclusivité. Les annonces publicitaires pendant qu'on mettra les gens en attente, le temps de recueillir leur témoignage. Les flashs spéciaux aux moments de grande écoute. »

Il se pencha vers elle.

« Je veux qu'on empêche ce taré de nuire, décréta-t-il avec une dureté inhabituelle dans la voix. Myles a disparu des écrans radars de la plupart des institutions officielles, mais je sais d'expérience qu'il existe d'autres réseaux. Des gens qui connaissent des gens... Des gens qui ont pu voir ce qui s'est passé sur le pont ce matin, qui sait ? Que quelqu'un me donne un nom et je lui donne mes clefs.

— Vous n'avez pas idée du tsunami que vous

allez déclencher », souffla Burney, estomaquée, tout en prenant des notes à toute vitesse. Son crayon ripa sur le papier, l'obligeant à se reprendre.

« Je ne veux plus que David Harper soit l'homme traqué de cette histoire. »

Puis il expliqua à la jolie reporter ce qu'il soupçonnait, avant de mettre un terme à leur interview. Quand elle repartit, de nouveau cagoulée mais le précieux calepin en poche, Hicks se sentait vidé. Connor, qui avait tout suivi en coulisse, lui jeta un regard, au moment d'emmener la journaliste, qui semblait partagé entre l'admiration et l'inquiétude.

La chasse à l'homme était lancée. Adviendrait que pourra.

Mais pourvu que ce ne soit pas Harper qui en pâtisse.

Chapitre 3

« *Notre reporter, Abigail Burney, a pu rencontrer hier le professeur Morgan Hicks, de l'Université de Pennsylvanie, en un lieu tenu secret où la police assure sa protection.* »

Le présentateur se tourna vers la journaliste.

— Comment s'est passé cet entretien, Abby ?

— *C'était tout bonnement surréaliste, digne d'un roman d'espionnage, mon cher Michael. Après avoir accepté de rencontrer le professeur, la police est venue me chercher au pied de l'immeuble où se trouvent nos studios, m'a demandé d'enfiler une cagoule et m'a conduite jusqu'au lieu de rendez-vous, où se trouve le Pr. Hicks.*

— Elle est naïve, celle-là, commenta Connor avec un ricanement.

— Chut, tais-toi, lui intima Ferguson, on n'entend rien. »

La jeune femme afficha un air vexé mais obtempéra, tournant de nouveau son regard vers le téléviseur : à l'image, Burney paradait devant

161

les caméras. Effectivement, la jolie reporter se trompait, ils avaient encore changé de planque la veille au soir.

Morgan, lui, écoutait l'émission d'une oreille distraite, réagissant à peine quand son nom était prononcé. Il savait déjà que la chaîne de télévision allait le suivre, comme l'avaient confirmé les vitupérations du capitaine Fisher au téléphone, après que ce dernier avait été contacté par le responsable pour fixer certaines modalités. Il était donc dans son intérêt de présenter l'initiative du professeur sous le meilleur jour possible.

Ce qui le préoccupait davantage, c'était le silence de Harper. Dès le lendemain, les résultats de l'autopsie, et peut-être ceux des examens des preuves, seraient à la disposition des enquêteurs. Si, d'une façon ou d'une autre, les soupçons pesant sur le lieutenant étaient confirmés, l'enquête échapperait à la brigade criminelle pour revenir au bureau des affaires internes. Pour l'instant, on laissait encore la main au capitaine, mais cette faveur ne saurait être maintenue bien longtemps.

Détourner l'attention sur Morgan ne suffirait donc pas, regrettait ce dernier, et l'angoisse le rongeait d'autant plus.

« Voilà, votre machine infernale est lancée, vint le prévenir Ferguson. Au mieux, vous perdez votre appart, au pire, vous perdez la vie.

« Je n'aurais pas pu y retourner, de toute manière, argua le jeune homme. Pour moi, il est hanté par le fantôme de Maya et des derniers instants qu'elle y a vécus. Je n'ai donc aucun regret. Et permettez-moi d'espérer ne pas connaître l'alternative. »

Le portable du policier vibra juste après ces mots. Quand il décrocha, Hicks reconnut immédiatement la voix à l'autre bout.

« Très bien, je te le passe, il est à côté de moi. »

Avant même de prendre la communication, le professeur se doutait de ce qui l'attendait. La grimace de Ferguson, quand il lui tendit l'appareil, voulait tout dire.

« *Qu'est-ce qui t'a pris, espèce d'idiot ?* » rugit Harper.

Avant de lui répondre, Morgan prit soin de passer dans une autre pièce.

« Tu vas bien ? éluda-t-il.

— *Morgan, je ne plaisante pas. Tu aurais dessiné une cible sur ton dos que tu n'aurais pas fait plus de dégâts !*

— Tu n'as pas l'intention de te prendre pour ma mère ?

— *Qu... Quoi ?* » balbutia Dave, mais Hicks ne lui laissa pas le temps de poursuivre.

« Ça serait bien, tous autant que vous êtes, que vous arrêtiez de me considérer comme un gosse irresponsable. Je sais parfaitement ce que je fais. Je détourne l'attention de tout le monde. » Il articulait chaque mot pour leur donner plus de poids. « Pour te protéger. Car tu es dans de beaux draps. Que s'est-il passé après que tu m'as quitté ? »

Il devina le plissement outré des yeux du policier. Allait-il lui répondre ou lui raccrocher au nez pour le punir de son audace ?

« *J'ai reçu un appel d'un de mes indics signalant qu'il avait retrouvé Jimeno*, se décida Harper. *En cuisinant ce dernier un peu plus, j'ai découvert qu'il connaissait Myles. Il lui a vendu l'arme utilisée pour le menacer. Quand il a enlevé Jimeno, il avait prétexté un nouveau rendez-vous pour lui acheter plus de matériel, mais ça n'a pas tourné comme notre vendeur s'y attendait. Et... tu avais raison. Le Mexicain m'a confirmé que Myles n'était pas seul. Pendant qu'il nous jouait sa comédie, quelqu'un conduisait la camionnette.*

— Et ensuite ?

— *J'étais pas censé te passer un savon ?* rappela le lieutenant d'une voix tendue.

— C'était dans tes projets, pas dans les miens. »

Harper grommela quelques mots que l'autre ne put saisir, avant de reprendre :

« *Il m'a donné les trois premiers éléments de la plaque d'immatriculation. J'ai demandé à un camarade de l'armée, qui travaille à la police de York, de faire une recherche, et ça a abouti à une adresse. Du coup, je planque devant la maison. Il y a au moins un occupant qui regarde la tv et qui est au courant de ton exploit.*

— Qui est-ce ?

— *Je l'ignore, les rideaux sont baissés et mes super pouvoirs ne s'étendent pas à la vision à rayons X.*

— C'est bien dommage, regretta le professeur.

— *Désolé, Loïs, mais au moins je ne crains pas la cryptonite.* »

Morgan grinça des dents. S'il avait initié ce jeu des surnoms stupides, force lui était d'admettre que cela commençait à le lasser.

« La cryptonite, non, les balles, oui. La mort de Myles risque de te retomber dessus. »

Il fit part au lieutenant de ses appréhensions. Le silence en réponse ne fut pas pour le rassurer. Sans doute Harper n'avait-il pas encore réalisé l'étendue du piège dans lequel ils se retrouvaient.

« Reviens, Dave, supplia-t-il. Si tu restes tout seul dans ton coin, ça finira mal.

— *C'est la piste la plus prometteuse que nous ayons. Demain, les choses seront beaucoup plus compliquées. J'aurai perdu un temps précieux à me mettre à l'abri au lieu de débusquer le coupable.*

— Bon sang ! David, tu n'es plus en Afghanistan ! Ce ne sont pas les règles de la guerre qui s'appliquent ici ! Tu peux finir au fond d'une ruelle ! » s'exclama Hicks en passant une main tremblante devant ses yeux. Son éclat de voix attira l'attention des policiers qui le surveillaient. La tête de Connor apparut dans l'entrebâillement de la porte. Il la chassa d'un geste agacé de la main.

« *Je suis flic, Morgan. Ça fait partie des risques du métier.* »

La dureté soudaine dans le ton de Harper obligea Hicks à battre en retraite.

« Je m'inquiète, se défendit-il.

— *Je comprends.*

— Sois prudent, plaida-t-il encore.

— *Toujours.* »

Il considéra le portable d'un air songeur après que Dave eut raccroché. Il ne pouvait pas... Il ne devait pas changer cet homme. *Et d'abord, pourquoi réagis-tu comme ça ? À croire que tu veux l'enfermer à double tour dans une cage ! Autant dire que tu mettras tout de suite fin à votre histoire.*

Votre histoire ? D'où sortait-il ça ? Quelle histoire ? De quoi parlait-il, au juste ? D'une relation... amoureuse ? Avec un homme ?

« T'es sérieux, en plus, se morigéna-t-il.

— Ça va ? Vous avez faim ? »

Ferguson voulait sans doute récupérer son téléphone. Morgan le lui tendit.

« On a dû vous le répéter depuis quelques

jours, mais Harper s'en sortira. J'ai vu ce type pendant une prise d'otages. Quand on connaît son parcours, on se dit que c'est le genre de situation dans laquelle il va perdre les pédales. Et ça a dû être éprouvant. Mais il est resté pro, imperturbable, flippant de calme, même. C'est ce sang froid qui fait la différence, sur le terrain.

— Et si, en face de lui, il a quelqu'un d'encore plus coriace ?

— Alors, on sera là pour l'épauler. En attendant, vous donnez du fil à retordre à ce salaud, croyez-moi. À sa place, je me poserais des questions. Et ça, c'est déjà un avantage. »

Morgan remercia le policier pour ses propos rassurants. Il admirait chez ces hommes leur faculté de tenir leurs angoisses en laisse, du moins en apparence, et de minimiser autant que possible leur impact sur leur entourage. Vivre avec un flic n'avait sans doute rien d'évident, toutefois. Il l'expérimentait, ce soir.

Et encore, je ne vis pas avec lui. On se connaît depuis quoi... quinze jours ? Or je n'arrive même plus à imaginer le reste de ma vie sans lui.

« Le juge vient de lever votre protection. Je ne peux pas maintenir le dispositif. Mais on n'a pas l'usage de la planque pour l'instant. Vous pouvez y rester autant que vous le souhaitez.

L'appartement de Harper a été mis sous scellé et, à l'heure où je vous parle, les affaires internes sont en train de tout fouiller. »

Fisher semblait las. Il avait tenu à le prévenir en personne. Les choses se gâtaient considérablement. Sa mère gagnait sur tous les plans, ignorant qu'elle le mettait en danger. Morgan se doutait bien, toutefois, que s'il réapparaissait, elle s'empresserait de le reconduire à l'hôpital *pour son bien*.

« Je ne lui dirai pas où vous êtes. Comptez sur moi, promit le capitaine.

— Abigail Burney a appelé. Il paraît qu'ils ont déjà un appel sérieux, mais le témoin souhaite me voir en personne », lui indiqua le professeur.

Fisher secoua la tête.

« Mauvaise idée. Laissez-moi d'abord vérifier ses antécédents.

— J'ai déjà dit à la journaliste que je viendrais. J'ai voulu jouer au plus malin, mais visiblement, j'ai affaire à quelqu'un d'encore plus malin. Il semble anticiper le moindre de mes mouvements, parce que je suis les règles. Sauf dans ce cas précis.

— Mais il vous attendra au tournant.

— Alors vous en profiterez pour l'attraper », assura Morgan avec une conviction plus grande que ce qu'il ressentait.

Il avait la trouille, mais le contraire aurait été

suicidaire.

« Vous me donnez la très désagréable impression d'un mouton qu'on conduit à l'abattoir », commenta Connor un peu plus tard, en le voyant sortir de l'immeuble où il se cachait.

Elle-même ne semblait pas avoir bonne mine, mais il préféra garder cette constatation pour lui. Elle fouilla sous sa veste en jean et en tira un petit glock qu'elle lui tendit.

« Gardez ça sur vous et n'hésitez pas à vous en servir. »

Elle se baissa et glissa un chargeur dans une des chaussettes du professeur, de manière si habile que cela ne l'empêchait pas de marcher.

« Deux précautions valent mieux qu'une.

— Vous vous rendez compte que confier une arme à un homme qui sort de l'hôpital psychiatrique risque de vous attirer des ennuis, lui fit-il remarquer.

— Je préfère avoir des ennuis que des remords. Les ennuis, on peut dormir avec. »

Il la remercia en déposant un baiser sur sa joue.

« Vous êtes une chouette fille, Rebecca.

— On va réussir à être en retard », pesta-t-elle en se détournant vivement, pas assez vite, toutefois, pour qu'il ne la voie pas rougir.

Au pied de l'immeuble de la télévision, c'était la folie. Les chaînes concurrentes avaient expédié leurs reporters pour grappiller les quelques miettes qu'on voudrait bien leur accorder. Les flashs éblouirent le professeur, qui hésitait à sortir.

« Si vous voulez, je fonce dans le tas et on file droit vers l'ouest », proposa la policière, après lui avoir jeté un regard dans le rétroviseur.

Il ne put réprimer un rire en imaginant ce que ça donnerait.

« Je vous remercie, ça va aller. »

Il posa résolument la main sur la poignée, prit une grande inspiration et ouvrit la portière. Brown était déjà dehors pour tenir les journalistes à distance. Sa carrure suffisait à faire barrage et peu osaient se placer sur son chemin. Les plus déterminés connaissaient un sort identique : il les écartait d'un large geste du bras auquel ils ne pouvaient résister, et qui les envoyaient comme des quilles contre leurs collègues. Connor les rejoignit et, quoique plus petite, elle repoussait efficacement les gaillards trop entreprenants et qui pensaient avoir trouvé la bonne stratégie en l'affrontant elle plutôt que le colosse. Mauvais calcul, elle était beaucoup plus vicieuse. Ferguson fermait la marche. Les reporters éconduits n'osaient pas se frotter à lui en se disant que ce géant trop calme devait être le plus redoutable. Ils avaient sans doute raison.

Au moment de grimper les marches, Morgan aperçut sa mère et sa sœur, toujours prêtes à saisir une opportunité de le récupérer. Il eut un doute en remarquant les trois hommes derrière elles et marqua un temps.

Cela lui fut salutaire.

Quelqu'un cria dans la foule :

« Il a une arme ! »

Un mouvement de panique s'ensuivit. Hicks perdit l'équilibre, rata plusieurs marches, atterrit dans les bras de Ferguson qui poussa un grognement en dégainant son pistolet. Dans le même temps, un moteur rugit, des pneus crissèrent, une portière s'ouvrit et un « Monte ! » impérieux l'obligea à tourner la tête. Harper se tenait au volant de son pickup. Son collègue poussa le professeur jusqu'à la voiture, tout en ripostant aux tirs. Hicks sentit quelque chose siffler à ses oreilles, baissa instinctivement la tête et s'engouffra à l'intérieur. Dave redémarra dans la foulée, zigzaguant entre les journalistes et les badauds affolés, avant de prendre un virage très serré pour quitter la rue.

« Je t'avais dit que c'était une très mauvaise idée », jura-t-il entre ses dents, tout en remontant la circulation à tombeau ouvert.

Le jeune homme, lui, essayait de calmer les battements fous dans sa poitrine.

« Co... comment tu as su ?

— Le type de la maison que je surveillais. Je l'ai suivi quand il est parti de chez lui, mais je l'ai perdu dans la circulation. Et puis Connor m'a envoyé un SMS pour me prévenir que vous partiez. Le timing était trop parfait. J'ai compris ce qui se préparait. »

Ils quittèrent l'axe principal pour gagner des rues plus étroites.

« Le tueur ne s'attendait pas à ce qu'il y ait autant de monde. Ça l'a fait hésiter. Tant mieux pour toi, ça s'est vraiment joué à un cheveu », reprit Harper, toujours concentré sur sa conduite.

« Et on fait quoi, maintenant ?

— On quitte la ville. Et avant ça, on change de véhicule.

— Où va-t-on ? s'enquit Hicks.

— Sur mon terrain. J'en ai marre de me faire balader dans Philadelphie.

—La fuite... ça n'arrangera pas les soupçons qui pèsent sur toi, remarqua Morgan.

— Je m'en fiche. Et moi, j'appelle ça une retraite stratégique. Au moins, si quelqu'un se pointe là-bas, il se fera tout de suite remarquer.

— Ma mère et ma sœur étaient sur place, je voudrais savoir si elles vont bien.

— J'appellerai le capitaine une fois à destination. Il avisera s'il tient les autres au courant. On se planque. On attend de voir ce qui bouge. »

Il s'arrêta devant une allée de garages, descendit et ouvrit l'une des portes. Avec appréhension, le professeur le vit sortir un monstre rutilant – le terme *moto* ne convenait pas vraiment pour désigner cet engin. David dut insister pour le décider à descendre de la voiture. Morgan se tint près de la machine sans oser l'approcher, pendant que le lieutenant garait son pickup dans le box. Harper enfourcha ensuite son effroyable mécanique et tendit un casque à son compagnon.

« Grimpe, lui enjoignit-il.

— D'où sors-tu un tel mons-... une telle monture ? se corrigea Hicks, de crainte de vexer le policier.

— Héritage paternel », répondit la voix étouffée de Harper qui s'était déjà équipé.

Quand il démarra, le professeur eut un sursaut. La bête avait poussé un véritable rugissement. Il l'aborda avec appréhension. Comment Dave pouvait-il espérer qu'il tienne en selle quand elle déploierait toute sa vélocité ? Le seul réconfort qu'il trouva, ce fut de pouvoir se caler contre le dos de l'enquêteur. Celui-ci desserra un peu son étreinte en secouant la tête, puis leva un pouce encourageant. Le jeune homme aurait voulu lui signifier que rien n'allait, au contraire, mais le policier ne lui en laissa pas le temps et relâcha l'embrayage.

Morgan crut sa dernière heure arrivée.

Chapitre 4

Le jeune homme ne savait plus où se mettre. Le pompiste le considérait d'un œil torve, sous des sourcils broussailleux grisonnants, alors qu'il lui réglait sa canette avec la monnaie que Dave lui avait passée.

« Pas de carte bleue, lui avait indiqué le policier.

— Ah oui ? Comme dans les films ? » avait rétorqué son ami.

Harper avait pouffé.

« Non, le vieux Will n'a jamais voulu s'équiper.

On était à quoi ? Trois ou quatre heures de route de Philadelphie, et il avait l'impression d'avoir changé de dimension. *Moi qui vais à la rencontre de peuplades lointaines, je devrais peut-être m'intéresser un peu plus aux communautés qui habitent notre beau pays.* À commencer par ce remarquable spécimen d'ours humain qui continuait de le toiser.

« Merci beaucoup », s'exclama Hicks avec certainement trop d'enthousiasme pour éveiller autre chose que de la suspicion chez le pompiste.

« Will ! lança Harper en entrant dans la boutique. Il a affronté des tribus de réducteurs de têtes, tu n'arriveras pas à l'impressionner avec tes airs de vieux pirate aigri. »

L'autre changea totalement d'attitude et afficha un large sourire.

« T'es pas drôle. Je pensais y arriver, pourtant : il n'en menait pas large. »

Le policier considéra le professeur avec un sourire en coin.

« Nan, je crois plutôt qu'il a peur de remonter sur ma bécane.

— Comme je vous comprends ! » s'adressa Will à Morgan d'un ton tout à coup plus affable. « Ça fait plus de bruit que tous les démons de l'enfer. À part ça, qu'est-ce qui t'amène par ici, Harper ?

— Besoin de prendre le large.

— Des ennuis ? devina le pompiste.

— On dirait bien.

— Je pensais pourtant que tu t'étais trouvé un boulot tranquille à Philadelphie. »

Morgan faillit s'étouffer avec son soda. Dave, pragmatique, lui donna une vigoureuse tape dans le dos.

« Ça canarde moins qu'à Peshawar, certains jours », reconnut le policier avec ironie.

Comme si Philadelphie était un repaire de hors-la-loi, se dit Morgan. Sa ville lui manquait. Toujours. Il y revenait sans appréhension. Au retour de chacun de ses voyages, il avait l'impression de la trouver plus belle. Elle avait ce cachet des fondations des pères de l'Amérique, à la fois désuet et moderne. Il n'avait jamais eu peur de parcourir ses rues, s'y était toujours senti en sécurité. Aussi sa préoccupation du moment était-elle de savoir quand ils y retourneraient.

La petite ville où ils avaient fait halte possédait aussi son charme, mais il manquait les gratte-ciels, la manière dont ils reflétaient les nuages...

« Tu as déjà le mal du pays ? »

Le ton moqueur de David le tira de ses réflexions.

« C'est pourtant moins loin que le Pérou.

— Ce n'est pas ça... ce sont les circonstances qui nous ont poussés jusqu'ici.

— Sept familles Harper habitent en ville, pas forcément de ma parenté, d'ailleurs. Trois patriarches portent le même prénom que mon père. Pour savoir où il habite, il faut poser des questions, et ça mettra tout de suite la puce à l'oreille de ceux qui nous connaissent et qui auront à cœur de nous prévenir », expliqua le policier sur un ton plus sérieux.

Le monstre mécanique s'arrêta devant une maison plutôt classique : le genre de pavillon qu'on voyait dans les séries télévisées, avec sa pelouse verte tondue au millimètre, ses haies au cordeau et ses parterres au garde-à-vous. En descendant de la moto, Hicks ne put s'empê-cher de plaisanter, pour cacher tout de même un certain malaise.

« Tu me fais le coup de la présentation à beau-papa ? »

Dave se figea. Sans doute n'avait-il pas vu ça sous cet angle.

« Ah... c'est vrai que le vieux risque de faire une crise cardiaque si je lui annonce que tu es mon petit ami. »

L'estomac de Morgan effectua un curieux mouvement de hula hoop. *Petit ami*, ça sonnait quand même bizarrement.

« Épargne-toi l'adjectif *petit*, je ne le pren-drai pas mal. Après tout, je ne sais pas ce qu'on est, au juste.

— Pour tout dire, moi non plus », reconnut le policier avant de grimper les marches du per-ron. La porte d'entrée s'ouvrit au même mo-ment, et un homme d'environ soixante-cinq ou soixante-dix ans interpella le lieutenant :

« Tu aurais pu appeler.

— Désolé, papa, ça s'est décidé à la dernière minute. Je te présente le professeur Morgan Hicks », enchaîna-t-il aussitôt pour éviter une autre remarque acide. « Un ami. »

Le jeune homme eut à peine droit à un re-gard. Toute l'attention de Harper senior restait focalisée sur son rejeton.

« Pourquoi tu me l'amènes ?

— Pour lui faire goûter l'hospitalité de notre charmante ville, bien sûr, ainsi que la délicieuse tarte au potiron de Tante Sarah. »

Mince, ça faisait tout de même bizarre de découvrir que David Harper avait aussi une famille.

« Première fois que tu me rapportes du boulot à la maison », marmonna encore le père, dont le sens de la déduction valait celui de son fils.

« Range le lance-flammes, sergent, tu n'arriveras pas à me faire repartir. Je suis content de te voir en forme. »

Sur le seuil, les deux hommes s'affrontèrent. Suivit une accolade plutôt surprenante. Hicks, lui, ne savait plus où se mettre. Il hésita avant de finalement s'approcher et de tendre la main vers le maître des lieux. Ce dernier la considéra un moment avant de l'accepter.

« Essuyez-vous bien les pieds avant d'entrer. »

Il lui tourna ensuite le dos et rejoignit David dans la cuisine.

À l'intérieur, c'était impressionnant de propreté. Dans le couloir, des décorations à l'abri dans des cadres accueillaient le visiteur, de même que des photos prises sur différents théâtres d'opérations. Apparemment, on avait l'armée dans le sang chez les Harper. Dave avait dû déroger en devenant flic.

« Pourriez-vous m'indiquer les toilettes ? »

Il eut la désagréable impression qu'on allait lui tendre un uniforme et lui demander de récurer lesdites toilettes avec une brosse à dents pour avoir osé poser cette question. Comme le senior ne bougeait pas, David lui servit de guide.

« Tu sais, le héros qui bat en retraite en se réfugiant à la campagne ou qui va se planquer dans la famille parce qu'il doute de réussir sa mission dans la grande ville, c'est un classique, dans les films policiers, lui rappela Morgan. Et tant qu'à faire, le vieux père ronchon aussi.

— J'ai entendu ! » lança-t-on depuis la cuisine.

Hicks lança un regard affolé à Harper. Inutile de se demander d'où venait l'ouïe exceptionnelle du fils !

« Je sais. Je pense qu'Eastwood s'est inspiré de mon paternel pour imaginer son personnage dans *Gran Torino*. Cette nuit, il faudra éviter d'aller aux toilettes ou tu feras la connaissance de Betsy. Il dort avec, mais c'est un fusil à pompe. »

Le jeune homme écarquilla les yeux.

« Je plaisante, se moqua Dave. Cependant, j'espère bien que notre homme aura les mêmes références que toi. En général, dans ces films, ça se termine plutôt bien pour le héros. »

Pour ce qui le concernait, Hicks ne s'était toujours pas remis de la fin de *Witness*.[6]

---

[6] Film de 1985 avec Harrison Ford.

Après-midi surréaliste au pays des Harper.

Après avoir partagé un repas plutôt silencieux, Hicks avait demandé à Dave de lui apprendre à utiliser le glock que Connor lui avait donné et qu'il avait encore dans la poche de sa veste. Il y avait repensé quand le chargeur avait glissé de sa chaussette au moment où il avait voulu croiser les jambes, ce qui avait jeté un froid à table. Le policier n'avait pas masqué sa stupeur en découvrant le cadeau de sa collègue.

« Première fois, à ma connaissance, qu'elle offre un truc pareil.

— Ça doit être mon charme naturel », voulut plaisanter le professeur, ce qui était une nouvelle fois tombé à plat.

« Pourquoi veux-tu apprendre à t'en servir ?

— J'ai un permis de port d'armes, figure-toi. Un cadeau de mon beau-père que j'ai toujours trouvé stupide. Je n'ai aucune envie de m'en servir, crois-moi, mais dans la situation où nous sommes, s'il t'arrive quelque chose, j'aimerais autant avoir une chance de pouvoir éventuellement nous tirer d'un mauvais pas.

— Ou vous tirer une balle dans le pied », commenta le père avant de quitter la pièce par la porte donnant sur la véranda. Son fils le suivit des yeux, visiblement perturbé.

« Quoi ?

— Je crois qu'il a essayé de faire de l'humour.

— Oh... c'est spécial, quand même.

— Oui, comme tu dis. On va commencer par une arme plus légère. Tu tirais avec quoi ?

— Une carabine à plomb, tu sais, de celles qu'on utilise pour viser des assiettes en argile.

— Du ball-trap ?

— Je ratais mon coup à chaque fois ou presque, ce qui ravissait Rachel, bien plus douée à ce jeu-là. Je me suis toujours demandé quelle mouche l'avait piqué de demander à son paternel de m'offrir une licence. Enfin... j'ai rapidement laissé tomber. Je doute d'être très doué.

— Utiliser une arme, quelle qu'elle soit, n'a rien d'anodin. On doit savoir s'en servir et on doit savoir pourquoi on s'en sert.

— Tu prêches un converti. Moins je les approche, mieux je me porte.

— Alors pourquoi veux-tu que je t'apprenne ? » insista le policier.

Le jeune homme marmonna :

« Parce que je me dis que ça pourrait te sauver la vie. »

Quand il tourna son regard vers le lieutenant, il constata que ce dernier le considérait d'un drôle d'air. Il passa le reste de l'après-midi à le conseiller, mais le résultat ne fut guère probant, ne serait-ce que parce que Morgan fermait les yeux juste avant que ne résonne la détonation, son tir évitait donc systématiquement la cible.

« Allez, ce n'est pas si mal, voulut le consoler l'enquêteur.

— Tu plaisantes ?

— Pas du tout, je n'ai aucune envie que tu te changes en Johnny-la-Gâchette-Folle. Au moins, tu as compris le principe qu'une arme peut tuer.

— C'est une évidence, rétorqua Hicks, guère convaincu par cette démonstration. Comment tu fais, toi ?

— Je sais qu'il y aura un prix à payer un jour. »

Charmant. Le jeune homme déglutit avec peine en observant le policier pendant qu'il rangeait les armes. Il s'approcha presque à le toucher, hésitant à poser une main sur son épaule. Harper sursauta en le sentant si proche.

« Qu'est-ce qui te prend ? réagit-il, soudain tendu.

— Rien, je me disais...

— Qu'il me fallait un gros câlin ?

— Plutôt une accolade virile ? »

Sa voix tremblait, ce qui n'échappa pas au lieutenant.

« Arrête, ordonna-t-il. Ce serait... une mauvaise idée. J'ai besoin de réfléchir. Tu comprends ? »

Ne me joue pas le coup du « on pourrait se contenter d'être amis » ou je hurle.

Dave eut au moins le tact de lui épargner cette humiliation. Il lui tourna tout de même le dos et s'éloigna vers la maison. Morgan mit un moment à trouver le courage d'emprunter le même chemin. Il décida de se retirer dans la chambre d'amis qu'on lui avait octroyée, en attendant le dîner.

Le père de David le trouva là, en train de ruminer sa mauvaise fortune.

« Ne le laissez pas faire. »

Le professeur leva la tête.

« Il a hérité ça de moi. Je n'ai pas été fichu d'aimer sa mère correctement. Lorsqu'elle m'a trompé, je n'ai pas su la reconquérir. Et elle a fini par claquer la porte de cette maison. Les Harper sont comme ça, dans cette famille. Ils portent une armure que personne ne semble capable de franchir. Ils finissent seuls : sur leurs vieux jours, quand ils se retournent sur leur passé et cherchent des souvenirs heureux, ils se rendent compte qu'ils ne tiendraient même pas dans un dé à coudre. »

Interloqué, le jeune homme ne sut quoi répondre.

« Monsieur Harper...

— Je vous aurais tenu exactement le même discours si vous aviez été une blonde plantureuse ou une liane noire du fin fond du Mississippi. Mais là au moins, je sais qu'il n'y aura pas de gamin pour venir piétiner mes massifs. »

Le vieil homme repartit avant que Hicks ne trouve quoi que ce soit d'intelligent à lui répondre. Était-ce là une sorte de bénédiction de sa part ? Ce blanc seing ne lui servirait pas à grand-chose, de toute façon, si en face, David Harper avait décidé de n'en faire qu'à sa tête.

Le problème, mon petit gars, c'est que tu es tombé sur au moins aussi têtu que toi.

Qu'est-ce à dire ? Tu as l'intention de l'ajouter à ton tableau de chasse ? Parce que question vie sentimentale, à part multiplier les conquêtes, ce n'est guère brillant. Pourquoi tu veux garder celui-là ?

Eh ! j'ai bien dit celui-là ?

Mais enfin, mon pauvre Hicks, l'asile a fini par te faire perdre la boussole !

Plus tard dans la soirée, il retrouva le policier qui s'était isolé dans la véranda et qui étudiait avec attention une copie du dossier qu'il avait réalisée. Hicks s'assit face à lui et l'entendit soupirer.

« J'ai beau tourner et retourner ça dans ma tête, je ne vois pas qui peut orchestrer toute cette histoire. À dire vrai, je tomberais dessus là maintenant, je jurerais de ma propre culpabilité et je m'enfermerais en prison. »

Le jeune homme ne lui répondit pas, examinant à son tour les scans des photos et des fiches des pièces à conviction.

« Il te manque un témoin », parvint-il enfin à avouer à l'enquêteur, lequel fronça les sourcils.

« Vraiment ? J'ai pourtant interrogé tout le monde, y compris les anciens membres de ton équipe, même ceux qui sont aujourd'hui à l'étranger.

— C'est un témoin capital et je pense qu'on ne peut plus faire l'impasse sur ce qu'il pourrait te révéler.

— Mais enfin, de qui parles-tu ? s'impatienta Harper.

— De moi, murmura Hicks d'une voix à peine audible. Et de ce que j'ai vu, entendu, ressenti au moment la première fois qu'on s'en est pris à moi. Il y a toujours eu deux agresseurs. Et je peux peut-être identifier celui qui nous manque.

— Comment ? Pourquoi ne l'as-tu pas fait plus tôt ?

— Il faut que je m'hypnotise moi-même et je n'y suis plus arrivé depuis l'agression.

— Tu penses y parvenir maintenant ?

— Seul, ça sera toujours impossible, mais je te fais confiance et ça peut suffire pour que le verrou saute. Par contre, ça risque d'être plus difficile pour toi que pour moi. Quand tu auras le contrôle, tu devras choisir ce que tu accepteras d'entendre. Il ne faudra surtout pas m'arrêter avant la fin de mon récit. Enfin, pour que ça marche, et pour que la relation de confiance soit totale, tu vas devoir me promettre une chose.

— Laquelle ?

— Ne pas m'épargner. Je veux me souvenir de ce qui s'est passé. »

Les mâchoires de Harper se crispèrent. Il objecta :

« Si tu ne t'en souviens pas consciemment, c'est que ça doit être très pénible. »

Morgan savait que Dave ne se laisserait pas convaincre sans résister. Il l'espérait, pour tout dire, sachant que s'il y parvenait, cette séance d'hypnose aurait toutes les chances d'aboutir... et de le délivrer enfin.

« J'ai accepté mon internement en priant pour qu'un jour, ce verrou disparaisse. Mais les soignants ont préféré m'abrutir plutôt que de m'offrir cette porte de sortie. Ce n'est peut-être pas de leur fait, ils ont pu recevoir des consignes, ma mère a pu faire pression, comme elle en a l'habitude. J'ai su dès notre première rencontre que toi, tu pourrais m'offrir cette issue, lorsque tu m'as dit que j'étais un homme brisé, mais pas un fou furieux. J'ai compris que tu pourrais aller jusqu'au bout, le jour où je te le demanderais. »

Hicks prit une grande inspiration.

« On dirait bien que ce jour est venu. Mais... pour pouvoir me jeter dans le vide, je dois être certain que tu ne flancheras pas. »

Le policier se leva et commença à faire les cent pas devant lui.

« Personne d'autre ne pourrait prendre ma place ?

— Non », affirma le jeune homme, catégorique, avant d'ajouter : « Désolé de te refiler le mauvais rôle du prince charmant. »

Harper ne goûta pas du tout à l'ironie de cette boutade. Le professeur attendit patiemment sa décision.

« D'accord, on y va. Explique-moi comment procéder. »

Chapitre 5

Lorsqu'il revint à lui, Morgan avala l'air comme s'il n'était jamais entré dans ses poumons et bondit de son siège. David tenta de le prendre dans ses bras, mais il se débattit.

« Ne me touche pas ! » hurla-t-il, hystérique.

Son cœur tambourinait dans sa poitrine. Son monde vacillait. Toute l'horreur de ce qu'il lui était arrivé venait de lui sauter à la figure. Ses jambes refusèrent de le porter davantage et il s'écroula, saisi de spasmes violents. Harper tenta une nouvelle fois de le calmer et il n'eut pas la force de le repousser. Quand il sentit sa joue toucher la poitrine du policier, il éclata en sanglots. Dave se contenta de le serrer contre lui, devinant qu'il n'en supporterait pas davantage.

Désormais, Morgan connaissait l'origine de ses cauchemars. Désormais, il s'en souviendrait. Désormais, ces souvenirs le hanteraient... pour toujours. Il avait choisi d'ouvrir cette porte et elle ne pourrait plus jamais se refermer.

« Fais-lui boire ça », entendit-il. C'était Harper senior.

On lui mit un verre entre les mains, mais, comme il restait inerte, on finit par le presser contre ses lèvres. Machinalement, il ouvrit la bouche et sentit le liquide brûlant glisser sur ses lèvres, puis au fond de sa gorge.

Il le recracha presque aussitôt.

« Mon meilleur brandy ! » pesta le vieil homme en ingurgitant une gorgée avant de refermer la bouteille.

« Encore ! » réclama le professeur, comme le policier allait lui retirer son verre – et il but d'une traite. « Encore ! » exigea-t-il.

« Il me plaît de plus en plus, ton copain », jubila le retraité en obtempérant.

L'alcool brûlait à l'intérieur. Alors que Hicks tendait de nouveau son verre, Dave intercepta son geste.

« On va arrêter là. Tu n'as pas l'habitude de boire...

— Qu'est-ce que t'en sais ? » le brava Morgan, qui sentait sa tête tourner de plus en plus.

Il voulut se servir lui-même et, pour cela, se lever, mais s'écroula.

« C'est une preuve suffisante, non ? » répondit Harper en l'aidant néanmoins à se mettre sur ses deux jambes. « Allez, on va te coucher. »

Impossible de lutter contre sa poigne de fer. Résigné, Hicks rejoignit la chambre d'ami sous escorte policière.

Mais face au lit, il craqua, saisi de nouveaux tremblements et d'une horrible nausée. Il eut juste le temps de rejoindre ces fichues toilettes pour y vider le contenu de son estomac.

« Depuis que... je te connais, Harper, je trouve que... je trouve que je fais un peu trop la conversation à la cuvette. »

Il prit le temps de se rafraîchir un peu et surtout de chasser l'amertume dans sa bouche. Après s'être débarrassé de ses vêtements qui puaient l'alcool, il tituba jusqu'à la chambre et s'écroula sur le lit. Le plafond tournait méchamment.

« Ça va aller ? Je pensais pas que ça lui ferait cet effet-là.

— Laisse-nous, papa », soupira le policier avant de s'asseoir sur le rebord du lit.

Morgan, lui, essayait de rester bien allongé sur le matelas pour que celui-ci ne se renverse pas.

« Je m'attendais à ce que ça soit moche », lui confia Dave en le calant contre les oreillers, « mais pas à ce point.

— Tu parles... »

Morgan passa une main devant son visage, comme pour effacer ce que sa mémoire lui avait redonné. Il l'avait tellement voulue, cette réponse ! Et à présent, il cherchait des circonstances atténuantes. Seulement, il n'y en avait aucune.

« Je n'aurais pas dû sous-estimer sa haine.

— Comment aurais-tu pu imaginer une chose

pareille ? C'est vrai que je ne peux pas parler d'expérience, reconnut Harper, mais tout de même... C'était... horrible de t'entendre décrire tout ça d'un ton totalement détaché et d'imaginer... de les imaginer en train de te faire subir toutes ces atrocités. »

Le jeune homme se redressa. Mauvaise idée.

« J'ai pourtant essayé d'obtenir autre chose de sa part. Comment ai-je pu être aussi bête ? »

Une autre inquiétude l'assaillit aussitôt.

« Qu'est-ce que... Qu'est-ce que tu vas faire ?

— Tu as peur que je l'abatte sans sommation ?

— Ça pourrait se comprendre. »

Harper secoua la tête. Non, bien sûr, il n'était pas comme ça. On avait compromis sa carrière, il risquait même sa vie. Mais le flic en lui garderait le contrôle. Quant à l'homme... Comment pourrait-il éprouver autre chose que de la pitié à son encontre ? Sans parler du dégoût que lui-même s'inspirait à présent ?

« Je sais ce qui tourne dans cette petite tête, et ça n'a rien de bon.

— Fichu flair de flic. »

Cela réussit au moins à amener un sourire sur les lèvres de Dave. Les embrasserait-il de nouveau ?

« Repose-toi », lui conseilla-t-il.

Quand il le sentit sur le point de se lever, Morgan supplia :

« Ne pars pas. Je... je promets d'être sage. »

Il se retint à temps d'ajouter qu'après tout, il l'avait bien mérité. Tout autant préféra-t-il garder pour lui l'idée saugrenue que beau-papa lui avait par ailleurs accordé sa bénédiction.

« Me dit ce type presque totalement nu allongé sur le lit, ironisa Harper qui se libéra de son étreinte. Pas dans ton état. Dors. »

Curieusement, ce commandement suffit. À croire qu'il était encore sous hypnose.

Plus tard, dans la nuit, il sentit quelqu'un se glisser sous les draps.

« Finalement, tu as changé d'avis, se réjouit-il en sentant des lèvres égrener des baisers le long de son cou, et une main audacieuse se glisser dans son caleçon. Bon sang, Harper, tu me rends dingue. »

Le corps contre lui commença à onduler, il sentit distinctement l'érection de son partenaire contre sa cuisse, avant que ce dernier ne s'enfonce sous les draps. Mais lorsqu'il voulut caresser le crâne rasé de son partenaire, il eut un choc en sentant de longues boucles poisseuses. Il tenta alors de repousser l'intrus. Ses mains se retrouvèrent aussitôt entravées, son sexe prisonnier dans une bouche inconnue qui le suçait goulûment et à laquelle il ne pouvait échapper. En essayant de ruer avec ses jambes,

il constata que ses chevilles aussi étaient atta-
chées.

Son cauchemar recommençait.

La chambre n'était plus la même, mais celle de
son appartement. Sous le drap, l'homme continuait de s'activer avec des grognements infâmes.
Haletant, Morgan luttait pour ne pas jouir, mais arriva le moment fatal où son corps le trahit. Il hurla,
autant de rage que parce qu'il vit le visage ensan-
glanté de Myles surgir devant lui – tel qu'il l'avait vu
pour la dernière fois –, le même sourire mauvais que
le soir où il avait filmé ses ébats avec Harper.

« Tout doux, mon mignon. Tu vas enfin avoir
ce que tu mérites. »

Impossible de se dégager.

« Comment avez-vous fait pour rentrer ?

— J'ai trouvé la porte ouverte, figure-toi. Et je suis
tombé sur quelqu'un que tu connais très bien. »

Disant ces mots, il tendit un index accusateur
vers la femme qui se tenait au pied du lit et ne
ratait pas une miette du spectacle.

Rachel ! Sa sœur Rachel !

« Morgan ! Morgan, réveille-toi ! »

On le secouait avec force et il finit par ouvrir
les yeux. Dave le plaquait contre le matelas
pour l'empêcher de tomber et de se faire mal.
Son soulagement fut indescriptible. Il était de
retour dans la maison des Harper. En sécurité.

« Tiens, tu es complètement déshydraté. »

Le verre d'eau lui fit du bien, même s'il réussit à en renverser sur les draps.

« C'est pire qu'avant, reconnut-il.

— Je sais. Je suis désolé.

— Ce n'est pas de ta faute, mais de celle de Samuel et de ma sœur. Elle était là. Dans l'appartement. Qu'y faisait-elle ? Pourquoi n'a-t-elle rien dit ? Elle aurait pu prouver que Myles était bien coupable, que je disais la vérité. Comment ai-je pu oublier qu'elle était là ?

— Tu avais tout oublié, lui rappela le policier.

— Mais... ça... j'aurais dû le savoir. Elle me déteste tellement !

— Tu ne peux pas refaire le passé. Crois-moi, j'ai essayé. »

Il resta silencieux un moment, cherchant visiblement quoi dire

« J'ai appelé le capitaine pendant que tu dormais et je lui ai dit ce qu'on avait découvert. Il enverra des agents pour arrêter Rachel d'ici quelques heures.

— Tu as dormi un peu ?

— Non, je discutais dans la cuisine avec mon père et je m'apprêtais à t'apporter le plateau quand je t'ai entendu te débattre dans le lit.

— Je voudrais bien connaître ton secret. Quelques nuits d'insomnie me feraient du bien.

— J'en doute. »

David lui prit le verre des mains et le reposa sur le plateau.

« Mon père m'a dit qu'il t'avait parlé. Il est persuadé qu'on est ensemble.

Le jeune homme réajusta l'oreiller sous sa tête.

« Je suppose que tu as tout fait pour le contredire.

— Il m'a passé un savon dès que j'ai voulu ouvrir la bouche. »

Hicks laissa échapper un rire sans joie.

« Finalement, je l'aime bien. T'inquiète, ça ne t'oblige en rien à publier les bans, ajouta-t-il devant la mine déconfite du policier.

— Il détestait Helen. La seule fois où il est venu à Philadelphie, pour notre mariage, il m'a dit que je commettais une erreur. *Tu ne l'aimes pas, ça crève les yeux.*

— Je ne connais pas ton ex-femme. Je ne vais pas jubiler sur les choix de ton père... Je sais juste qu'à cet instant précis, j'aimerais bien que tu me prennes dans tes bras, que tu m'embrasses et que tu m'aides à oublier ce cauchemar. »

Vœu pieux ? Il n'eut pas le temps de s'amuser de ce jeu de mots que Harper réalisait son souhait. Il consentit même à s'allonger à côté de lui. Hicks le regarda, plein d'espoir. *Allez, un petit effort, mon vieux !*

« Tu sais à qui tu me fais penser ? » grommela Dave en lui accordant enfin sa récompense quand il glissa un bras autour de ses épaules pour l'attirer contre lui. « À un gamin à qui on aurait promis un sucre d'orge. »

Le jeune homme pouffa en se blottissant contre lui.

« Pas besoin de nourrir mes fantasmes plus que nécessaires, lieutenant.

— C'est définitivement une mauvaise idée, ronchonna encore son compagnon.

— Pas d'accord », le contredit Hicks en lui mordillant le cou.

La réaction de Harper fut immédiate. Quel régal d'avoir affaire à un type aux sens exacerbés. L'embrasser, ça lui avait tellement manqué !

« Tu ne... devais pas rester sage ?

— Ça, c'était hier soir. J'étais encore un peu soûl. T'aurais dû m'écouter. »

Les muscles sous ses doigts se contractèrent.

« Comment fais-tu pour tenir une forme pareille ? » l'admira le professeur.

Plus de t-shirt pour le gêner. *Ah ! ah !* triompha Morgan. Ça devenait enfin intéressant. Il se tenait à présent à califourchon sur le policier qu'il embrassait avec ardeur. Harper n'allait pas lui résister encore bien longtemps. *Bingo !* Hicks sentit les mains de Dave lui caresser le dos, et se cambra. Dieu, que c'était bon ! Myles disparut de ses pensées avec le pantalon qui ne put résister bien longtemps lui non plus. Quant à sa sœur... *Qu'elle aille au diable ! Si elle le blesse ou lui cause le moindre mal...* Il préféra ne pas aller au bout de sa menace.

Harper attira son visage jusqu'à lui, les laissant front contre front.

« Tu te rends compte qu'après, je n'aurai plus aucune excuse pour te laisser partir », le prévint-il, entre crainte et résignation.

« J'y compte bien.

— Ça ne t'effraie pas un peu ? Tout ce que ça implique ?

— Nope...

— Comment c'est possible ?

— Tu veux l'explication rationnelle ou la plus courte ? »

La plus courte, pitié, je ne vais jamais pouvoir me retenir le temps que durera la rationnelle. Vite, un baiser pour qu'il choisisse la bonne.

« Rationnelle ou raisonnable ? »

Hicks soupira. Harper n'en démordrait pas.

« Sans rire, Dave, ne joue pas avec les mots dans l'état où je suis.

— OK... la rationnelle, alors... »

Raté !

« Ça vient ? » s'impatienta le policier.

Comment arrive-t-il encore à penser avec ce que je lui fais subir ?

« Minute, je réfléchis.

— Ça en a tout l'air », douta son compagnon en soulevant un sourcil réprobateur.

Le pire ? Il était encore plus sexy avec cette mine accusatrice. Morgan s'obligea à une pause. Comment s'en sortir s'il n'avait pas déjà réussi à distraire David ? Pour tout dire, il avait le moyen de donner une réponse courte et rationnelle. Un moyen risqué. La dernière fois qu'il avait donné cette réponse, ça avait fini par lui coûter cher. Se sentait-il prêt à retenter l'expérience ? Son cœur battant, ses mains moites et cette espèce de creux dans l'estomac lui confirmaient qu'il n'avait plus le choix. *Ça va tout changer. Au moment où les mots franchiront mes lèvres. Plus moyen de retourner en arrière. Il risque de te claquer entre les doigts.*

« Là, ça devient carrément bizarre, remarqua Harper avec un rire gêné. Pourquoi j'ai l'impression tout à coup qu'il va me tomber un truc énorme sur la tête. »

Sans doute parce que c'est le cas.

« Prof ? T'es toujours avec moi. »

Sympa de sa part de lui offrir une porte de sortie. Il aurait pu rebondir sur ce surnom horripilant. Hicks étudia l'alternative, pour la rejeter dans la foulée.

« Il se pourrait bien... se lança-t-il.

— Oui ?

— Que je sois amoureux. »

Les mots avaient fini par sortir tout seul. Et comme quand il craignait la détonation, il avait fermé les yeux. En les rouvrant, il s'attendit à découvrir un Dave furieux. Au lieu de quoi, celui-ci avait l'air totalement sidéré.

« Dis quelque chose... »

Sa voix mourut dans sa gorge. Il avait tout gâché.

« Et ça t'est venu comme ça ? demanda Harper d'une voix blanche.

— Non, je dois reconnaître que tu m'intriguais déjà en Afghanistan, que tu m'as stupéfait en venant me trouver à l'hôpital, remué en m'acceptant comme ami et que faire l'amour avec toi, c'est l'expérience la plus incroyable que j'aie jamais vécue.

— Oh... carrément.

— Carrément, confirma Morgan.

— Tu es vraiment amoureux ? insista le policier

— Vraiment », ne se laissa pas démonter le jeune homme.

Harper paraissait de plus en plus perplexe.

« Je crois... je me demande si je l'ai jamais vraiment été un jour, avoua-t-il au bout d'un moment.

— Oh... »

Difficile de paraître plus dépité.

« Aussi... je ne peux pas te dire la même chose. Je sais juste... que ça me fait du bien d'être avec toi.

— Je pourrai m'en contenter. »

Menteur. C'est le grand jeu que tu veux, avoue. L'avoir pour toi tout seul. Ainsi que la certitude que ce désir soit réciproque. Mais c'est à croire qu'il te faudra l'obtenir de longue lutte.

« Ça, tu vois, j'en doute. »

Ce que confirma le baiser que Dave lui donna ensuite.

CHAPITRE 6

« Morgan, réveille-toi. »

Le chuchotement de Harper le tira de son sommeil. Le policier enfilait son pantalon et semblait inquiet. Le jeune homme se redressa.

« Que se passe-t-il ?

— Du monde dans la rue. Pas habituel à cette heure-ci. »

Quand il ouvrit la porte de la chambre, son père apparut, Betsy à la main.

« On dirait qu'il va y avoir du grabuge, commenta-t-il.

— Reste avec lui, papa. Et appelle la police, ajouta-t-il en lui donnant son téléphone.

— Dave... »

Mais le lieutenant avait déjà disparu dans l'escalier.

« Ils ont su éviter la cordelette », commenta le vieil homme en se plaçant derrière la fenêtre pour observer la rue sans être vu.

« La quoi ? s'étonna Hicks en se dépêchant de s'habiller.

— C'est comme ça qu'on appelait le système

d'alarme qu'on plaçait autour de notre campement pour prévenir d'une intrusion. Ces gars-là savent y faire.

— Ils sont plusieurs ? s'inquiéta le professeur.

— À moins d'être suicidaire, répondit le père du policier d'un air sombre.

— Ce que je déteste rester en plan comme ça », marmonna Morgan.

Pris d'une inspiration soudaine, il se précipita dans la salle de bains. Après avoir consulté les étiquettes des récurrents et autres gels, il se lança dans la préparation d'un mélange irritant. Après tout, ce cerveau pouvait bien servir à quelque chose.

Il sursauta quand, dehors, plusieurs coups de feu retentirent. Des chiens aboyèrent, une alarme se déclencha. Lorsqu'il ressortit, il toussait et pleurait, mais n'eut pas le temps d'atermoyer, car au rez-de-chaussée, la porte venait de recevoir un violent coup de pieds suivi de plusieurs bruits de pas précipités. Hicks balança aussitôt son fumigène artisanal, qui répandit son contenu parmi les intrus. On les entendit cracher et pester qu'ils n'y voyaient plus rien. Ils étaient au moins deux, et cette diversion permit à Harper senior de les neutraliser grâce à l'intervention détonante de Betsy. L'un finit contre une armoire, un large trou dans la poitrine ; l'autre sortit, en boitant aussi vite qu'il le put, par la véranda. Mais le vieil homme n'en avait pas fini avec lui et sa pétoire éructa une nouvelle cartouche, en réveillant les voisins qui auraient pu encore dormir.

Morgan, déjà dans la rue, n'apercevait le policier nulle part.

« Non, non, non, paniqua-t-il en passant une main inquiète dans ses cheveux. Où es-tu, Dave ? »

Il retourna à la maison, espérant que le lieutenant s'y trouvait déjà, mais seul son père l'accueillit.

« Un problème ?

— Je ne sais pas où est votre fils. Et c'est vous qui avez son portable, je ne peux pas le joindre. »

Les sirènes retentirent et les gyrophares éclairèrent le jardin dans la foulée. Le jeune homme retourna sur le perron, en se disant que tout ce raffut pousserait forcément Harper à les rejoindre. Mais, même après que Hicks eut répondu aux questions de ses collègues arrivés en même temps que l'ambulance, David n'était toujours pas réapparu.

« Là, ça m'inquiète, commenta son père.

— Moi aussi. »

Le professeur décida d'expliquer la situation aux policiers, évitant toutefois de préciser que le lieutenant était soupçonné de meurtre. Ils acceptèrent de lancer un avis de recherches, mais ne promirent rien de plus.

« S'il n'est pas de retour demain matin, passez au commissariat », conclut l'un d'eux avant de démarrer sa voiture et de repartir.

« Demain matin ? Il sera trop tard, demain matin ! hurla de frustration le professeur. Il faut que j'appelle Fisher », décréta-t-il en allant récupérer dans son sac de voyage le papier sur lequel il avait noté le numéro.

Le capitaine dormait et n'apprécia pas ce réveil brutal. Mais ses grommellements de plantigrade cessèrent quand il comprit de quoi il retournait. Pendant leur échange téléphonique, l'un des voisins apporta une seringue qu'il venait de trouver dans ses pétunias.

« Cette fois, c'est sûr, on l'a enlevé, affirma Hicks. Je vous rappelle, capitaine. »

Il raccrocha avant que Fisher ait pu protester et composa un autre numéro de téléphone.

Celui de sa sœur.

Mais il tomba sur le répondeur. La voix exaspérante de Rachel l'invita à laisser un message.

« Si c'est toi qui l'as, dis-moi comment récupérer Harper ! » lâcha-t-il sobrement. Puis, au père du lieutenant : « Pouvez-vous me prêter votre voiture ? »

Morgan roula jusqu'au matin. Il avait laissé plus d'une douzaine de messages à Rachel qui s'obstinait à ne pas répondre. Elle devait jubiler pendant qu'il se rongeait les sangs. Jubiler de le pousser ainsi au désespoir. Elle espérait certainement l'inciter à commettre des erreurs.

OK, réfléchis. Ces gars n'avaient pas pour ordre de nous tuer mais de nous ramener à Philadelphie. Donc, Rachel nous voulait vivants. Elle n'a récupéré que Harper, elle fera tout pour te conduire dans un piège et conclure ainsi cette sordide histoire à son avantage. Elle se doute peut-être que tu sais et a anticipé tes actions. Depuis le début, elle a un coup d'avance. Elle te connaît trop bien. Beaucoup trop bien.

Il en pleurait tellement il avait peur. Il dut s'arrêter pour reprendre son calme : ses mains tremblaient beaucoup trop sur le volant, et finir dans le décor n'améliorerait vraiment pas à la situation.

Respire, s'encourageait-il. *Respire.*

Il se concentra sur ses habituels exercices de méditation. En vain. Alors, la colère vint. Féroce. Brûlante. Rachel lui avait déjà enlevé Maya et, maintenant, elle s'en prenait à Dave !

Quand il redémarra, sa décision était prise : il y resterait peut-être, mais il l'empêcherait définitivement de nuire.

Dès son arrivée au central, il fut pris à parti par plusieurs policiers. Ils le plaquèrent contre un mur et lui passèrent les menottes avec brutalité.

« Je dois parler au capitaine Fisher », plaida-t-il, incapable de comprendre ce qu'il se passait.

« Ça tombe bien, il veut te voir », le rabroua l'un des flics. Ils le poussèrent sans ménagement dans l'ascenseur et, une fois à l'étage, traversèrent le service sans ralentir, pour le faire entrer dans une pièce où se tenaient le capitaine et Ferguson. Au fond, une vitre sans tain donnait sur une salle d'interrogatoire. Sa sœur était assise à une table avec son avocat. Connor entra et s'installa face à Rachel et au juriste, en ignorant délibérément la jeune femme.

« *Nous avons de nouvelles informations qui nous amènent à penser que votre cliente pourrait avoir un lien avec l'affaire Sanchez et peut-être même avec les tentatives de meurtre contre son frère.*

— Elle a aussi enlevé Harper », intervint le professeur, ce qui lui valut d'être tiré violemment par les menottes.

Voyant cela, le capitaine s'empressa de les lui retirer, avant d'éjecter vertement les deux policiers qui l'avaient escorté.

« Taisez-vous. Écoutez », intima-t-il ensuite au professeur.

« *Je vous arrête tout de suite, lieutenant. Ma cliente a une version tout à fait différente. Selon elle, c'est Morgan Hicks qui a tout orchestré.* »

Le jeune homme sentit le sang se retirer de son visage. Quel coup fourré Rachel avait-elle préparé ? L'homme de loi adressa un signe de tête à la jeune femme qui commença son témoignage. À mesure qu'elle parlait, Hicks avait l'impression de tomber dans un gouffre sans fond. Le récit qu'elle présentait accusait son frère du meurtre de Maya Sanchez et de ceux du Momificateur.

« *Maya Sanchez avait découvert les penchants de mon frère pour les hommes. Ils ont eu une violente dispute et il l'a tuée. Pour masquer son crime, et l'attribuer ainsi à un tueur en série, il a eu cette idée affreuse de la momifier. Pour cela, il a fait appel à l'un de ses étudiants, Samuel Myles. Il savait que ce dernier avait des sentiments pour lui, alors il lui a proposé un marché. Ils ont couché ensemble et mon frère a prétendu par la suite qu'il l'avait violé. Quand il l'a agressé devant ses étudiants, il comptait éliminer un témoin gênant, en plaidant la folie passagère et en lui mettant sur le dos le meurtre de Maya.*

— C'est faux, c'est totalement faux ! » s'emporta le professeur.

Un regard de Fisher suffit à le réduire au silence.

Était-ce de la colère dans les yeux du capitaine ? Contre sa sœur ? Contre lui ?

Rachel poursuivait :

« *Myles est ensuite venu chez nous pour nous faire chanter et exiger de grosses sommes d'argent, dont les montants ont augmenté lorsqu'il a appris qu'il était atteint d'un cancer. Ma mère a tout fait pour protéger mon frère, y compris en-*

gager les meilleurs spécialistes en troubles mentaux. Mais à la vérité, on ne peut pas guérir mon frère. C'est un psychopathe, un manipulateur, un menteur pathologique.

— *Ça, Mlle Hicks, c'est un jugement personnel,* l'interrompit Connor. *Restez-en aux faits.*

— *Très bien,* réagit la jeune femme d'un air pincé. *Mon frère ne supportait plus son internement. Il a contacté Myles et lui a fourni des instructions afin de mettre en scène des meurtres qui conduiraient la police à faire appel à lui pour les résoudre. Morgan a toujours nourri une grande passion pour les mythes du Moyen-Orient, les épopées antiques. Myles, de son côté, éprouvait pour la mort un sentiment malsain, que sa maladie n'a fait que renforcer. Mon frère a su le manipuler pour qu'il devienne son homme de main.*

— Mais comment aurais-je pu communiquer avec lui depuis l'hôpital ? » objecta le professeur.

La policière posa exactement la même question.

« *Je doute que ce soit compliqué de mettre en place un système de communication pour un homme avec un Q.I. comme le sien,* rétorqua Rachel. *Je peux même vous faire des suggestions, si vous voulez. Quand ils ont commencé à parler des meurtres aux informations, j'ai compris ce qu'il se passait, j'ai tenté de mettre ma mère en garde. Elle a tout fait pour que Morgan reste à l'hôpital, où elle espérait pouvoir le contrôler.*

Malheureusement, vous vous êtes dressés contre elle et mon frère a pu sortir. Il a mis la main sur un nouveau complice : David Harper. Toutefois, votre lieutenant ignorait quel rôle il jouait dans cette terrible mascarade. »

Elle était machiavélique ! Le jeune homme considéra avec inquiétude le visage imperturbable du capitaine. Ferguson lui tournait le dos et prenait des notes, sans lui prêter la moindre attention. Cette désinvolture perturbait Morgan. Était-il suspect ? Pourquoi lui avait-on retiré les menottes, dans ce cas ?

« Myles a compris ce qu'il se passait et a échappé au contrôle de mon frère. Il a pris ses propres initiatives. Après avoir réussi à tromper la surveillance de Harper, Morgan a tenté de le raisonner, lui jurant qu'il l'aimait toujours, qu'il devait se montrer patient. Mais Samuel était mourant : du temps, il n'en avait plus. Leur entretien a mal tourné, mon frère a eu le dessous, Myles l'a enterré vivant. Sans l'intervention de votre collègue, il serait mort, mais c'est à croire que les crapules ont plus de chance que les autres. »

Elle mêlait si habilement vérité et mensonge que c'en était troublant. N'importe qui, considérant ses dires et les confrontant aux faits, ne pouvait que les trouver cohérents.

« Capitaine, je vous jure que...

— Taisez-vous, professeur. »

Mortifié, ce dernier ne put qu'obéir. Mot après mot, sa sœur continuait de le clouer au pilori. Elle répondait avec un tel calme à Connor que même le jeune homme commençait à douter de lui-même.

« Pourquoi ne pas avoir parlé plus tôt ? Pourquoi ne pas vous être manifestée, par exemple, lorsque la vidéo a été rendue publique ? Quelle mort vous a émue ? Celle de l'étudiante ? Celle du père de famille ? Celle du touriste allemand ? reprocha Rebecca.

— Vous ne comprenez pas ! C'est un jeu pour lui. Un jeu ! Il manipule tout le monde. Sa mère, mon père, les filles avec qui il est sorti, celle qu'il pensait épouser. Mais dès qu'il se sent acculé, il devient dangereux. Votre lieutenant se retrouve, en ce moment, seul avec lui. Mais enfin, ça ne vous étonne pas que tout à coup, il change de bord, comme ça, et devienne gay ? Vous auriez imaginé ça de la part de votre collègue ? s'emporta Rachel.

— Avec tout le respect que je vous dois, mademoiselle, je doute qu'on arrive à manipuler David Harper. Ceux qui l'ont tenté s'en sont mordu les doigts. Il fait confiance à votre frère.

— C'est une erreur. Une terrible erreur.

— Ma cliente s'est présentée de son plein gré, intervint l'avocat.

— Ce n'est pas une preuve d'innocence à mes yeux », répliqua la policière, qui ne se laissait pas convaincre. « Cette nuit, la maison du père du lieutenant Harper a été prise d'assaut par des hommes qui ont enlevé notre collègue », révéla-t-elle ensuite, une colère sourde dans la voix.

Rebecca, je vous adore, soupira intérieurement Morgan Hicks. Elle prenait enfin les choses en main.

« Vous pensez que j'ai un lien avec cette histoire ? se défendit Rachel. Qui vous dit que ce n'est pas mon frère qui a engagé ces hommes ?

— Votre frère est actuellement dans nos locaux. Il a été arrêté. Nous l'interrogerons.

— Écoutez, si vous tenez au lieutenant Harper, dites-lui de revenir tout de suite. S'il reste plus longtemps avec mon frère, il connaîtra le même sort que Samuel Myles. »

Elle jouait tellement bien la comédie, alors qu'elle était responsable de l'enlèvement de David, il en était sûr !

« Il est impossible que Samuel Myles ait été tué par le professeur Hicks, rétorqua Connor. Ce dernier était sous notre garde à ce moment-là, et je peux vous assurer qu'il n'a pas quitté la planque où il se trouvait. Et l'homme qui a tenté de l'assassiner au pied des locaux de la télévision locale ? D'où sort-il ? Ce serait aussi votre frère qui l'aurait engagé pour lui tirer dessus ?

— *Je l'ignore, lieutenant. Pourquoi pas ? Il est capable de tout.*

— Mais elle ment ! Elle ment ! » explosa Hicks. Impossible que cette femme soit sa sœur. Ils n'avaient rien en commun. Rien ! À part la même génitrice.

« Bien sûr qu'elle ment », lui répondit calmement Ferguson.

S'attendant à une autre réaction, le jeune homme en resta bouche bée.

« Vous me croyez ? »

Le capitaine croisa les bras sur sa poitrine et se détourna de la vitre pour lui adresser un regard presque consterné.

« Il ne suffit pas juste d'écouter, professeur. Il faut aussi regarder.

— Quoi ? »

Fisher se tourna vers son enquêteur.

« Tu l'as ?

— Oui, il faudra sans doute que je repasse la vidéo pour vérifier, mais à première vue, ce sont des coordonnées. »

Pour la première fois, Ferguson se tourna vers Morgan. Un sourire amusé étirait ses lèvres.

« Vous n'avez pas remarqué ? Pendant qu'elle parlait, ses doigts tambourinaient sur la table. Elle nous envoyait un message. Elle nous prend vraiment pour des idiots. Ou alors, elle savait que vous assisteriez à l'interrogatoire. À votre avis ?

— Je... »

Ses épaules se détendirent. Bon sang, il n'était pas seul. Le collègue de Dave repassa la vidéo, pendant que Connor remerciait Rachel et que cette dernière quittait la salle d'interrogatoire avec son avocat. Sur le seuil, toutefois, elle se retourna et adressa un long regard au miroir sans tain.

« L'aéroport de Philadelphie, constata le capitaine avec une moue dépitée.

— Ça représente une vaste zone à couvrir, renchérit Brown.

— On va demander le renfort de nos collègues sur place. »

Hicks les écoutait distraitement, concentré sur le plan sous ses yeux. Il pointa soudain un élément sur l'écran.

« Là. Ces hangars nous appartiennent. Enfin, je crois. »

On frappa à la porte du bureau de Fisher. Un officier tendit un paquet à Connor, qui lui avait ouvert. À l'intérieur, un téléphone portable dont le répertoire ne comportait qu'un seul numéro. En quelques minutes, la jeune femme installa l'application pour enregistrer la communication, puis entra le numéro dans la base de recherches de la police.

« Portable jetable, indiqua-t-elle.

— Bon... pas le choix, considéra le capitaine avant de tendre l'appareil au professeur. Gardez votre calme. Essayez de parler à Harper. »

Morgan prit une grande inspiration avant de presser la touche d'appel. À l'autre bout de la ligne, une voix lui répondit, masquée par un procédé numérique.

« Ici Morgan Hicks.

— *Professeur*, jubila la voix déformée, *nous avons votre ami.*

— Que voulez-vous ?

— Pas trop vite, lui chuchota le capitaine.

— *Des aveux. Vous les enregistrerez avant d'embarquer à bord d'un avion pour Rio. Avion qui n'arrivera pas à destination.*

— La police est au courant.

— *La police ne fera rien si elle veut revoir le lieutenant Harper. Et vos aveux la couvriront. Qui regrettera un dangereux psychopathe qui aura trouvé le moyen de prendre la fuite ?*

— Harper vous retrouvera ! Et vous tuera ! jura Hicks.

— *Pas dans l'état où nous vous le rendrons.* »

Un message l'informa de l'arrivée d'une vidéo. Une fois chargée, elle leur montra un écran totalement noir et des halètements paniqués. On devina un mouvement dans les ténèbres : un corps qui se déplaçait en rampant.

Le cœur de Morgan se brisa.

Non... pas ça.

« Quelle est la plus grande peur d'un homme qui a été retenu deux ans dans une caverne ? » demanda, narquoise, la voix mystérieuse. La communication fut aussitôt interrompue. Dans le bureau du capitaine régnait un silence de mort qui perdura de longues minutes.

« On n'a pas le choix, décida Morgan d'une voix mourante. Je vous laisse les détails, mais je veux faire une déposition.

— Vous n'y pensez pas ! s'exclama Rebecca.

— À votre avis, combien de temps va-t-il tenir avant de devenir dingue ? lui rétorqua le professeur. Croyez-moi, je sais ce que ça fait et je ne souhaite une telle chose à personne. Appelez-moi un avocat, pour que les choses se fassent dans les règles. Personne ne devra remettre en question ces aveux.

— Vous vous rendez compte de ce que ça signifie ? rugit encore la policière. Si vous montez dans cet avion... Si vous... »

La colère l'empêcha d'aller au bout de sa phrase, et elle sortit.

« Ça ne devrait pas se terminer ainsi », regretta Ferguson qui s'empara du téléphone pour appeler un avocat, selon les vœux de Hicks.

CHAPITRE 7

Morgan arrêta sa voiture devant le jet qui attendait face au hangar familial.

« Ma sœur ne devra pas s'en tirer comme ça », avait-il argué après avoir signé sa déposition, malgré les protestations de son avocat. « Il doit y avoir un moyen de l'arrêter, même après... même si...

— Elle sous-estime Harper. Il ne se laissera pas démolir et il le lui fera payer, avait affirmé Brown.

— On peut vous équiper d'un micro, bien qu'elle risque d'y penser », avait suggéré le capitaine qui, malgré tout, avait appelé la police de l'aéroport international pour leur demander de vérifier le site où aurait lieu la rencontre. Un SMS avait fixé l'heure du rendez-vous.

« Je veux bien en porter un. »

Avant de descendre de la voiture, Hicks adressa un remerciement aux collègues de Harper. Le décollage de son avion devait leur donner le signal afin de lancer une opération de vaste ratissage sur l'aéroport, officiellement pour empêcher le professeur de quitter le pays à bord du fameux jet, officieusement pour espérer y retrouver Dave que les ravisseurs auraient relâché... s'ils tenaient leur promesse.

En contournant l'avion, Hicks découvrit sa sœur, accompagnée de trois malabars cagoulés. Elle n'avait pas pu s'empêcher de venir triompher.

« Tu prends un risque, la défia-t-il.

— Je gagne sur toute la ligne. Je n'allais pas me priver du plaisir de te voir monter à l'échafaud. »

L'expression qu'elle affichait lui donnait envie de vomir.

« Où est David ? Je ne monterai pas dans cet avion si je ne le vois pas avant de partir.

— Tu penses avoir le choix ? » railla Rachel.

Les trois brutes bougèrent au même moment, mais se figèrent quand elles virent le professeur sortir une arme de sous sa veste.

« Messieurs, j'ai très peu de chance de vous atteindre, mais avant que vous n'ayez fait un geste, j'aurai au moins pu la blesser elle. Et je suis tellement nul qu'une balle perdue pourrait bien vous atteindre aussi. J'ai suivi tes ordres, ajouta-t-il à l'adresse de sa sœur. Qu'est-ce que ça te coûte de m'accorder cette requête ? »

Elle se donna quelques instants pour réfléchir, avant de hocher la tête.

« C'est par ici », indiqua le mercenaire.

Ils longèrent le hangar et rejoignirent un

poids lourd stationné juste à côté. Les gros costauds déverrouillèrent le hayon. À l'intérieur du camion se trouvait un second compartiment, isolé du reste du véhicule, et impossible, sans doute, à forcer de l'intérieur. La porte béante laissa voir Harper, étendu sur le sol. Morgan ébaucha un mouvement pour aller vers lui, mais l'un des mercenaires le stoppa d'un geste du bras et afficha un regard mauvais à destination du glock. La brute n'aurait certainement aucun problème à désarmer le jeune homme. Mais Morgan ne se laissa pas démonter et poussa le bras imposant pour rejoindre le policier inerte. Dès qu'il lui caressa le visage, le lieutenant tressaillit et ouvrit les yeux. On l'avait frappé. Vicieusement. Une entaille barrait sa joue. Ses lèvres étaient tuméfiées et craquelées. Le professeur lui adressa un sourire, mais secoua la tête quand son ami tenta de parler.

« Quelle assurance ai-je qu'il repartira sain et sauf une fois que je serai à bord ?

— Aucune. Mais si tu nous fais perdre davantage de temps... »

Le cliquetis d'une arme accompagna cette menace.

Morgan adressa un dernier regard à David avant de retourner au jet. Il n'avait aucun moyen d'échapper au destin que sa sœur lui avait préparé. Aucun. L'un des mercenaires le rejoignit. Il enfila ostensiblement devant Morgan le parachute qui lui permettrait de quitter l'appareil le moment venu. Il faisait une tête de plus que le professeur. Une véritable armoire à glace. Autant dire que lui retirer cette bouée de sauvetage relevait de l'utopie. Le pilote déjà à bord devait être du même acabit.

« Je t'ai mis une bouteille de champagne au frais, se moqua Rachel quand il grimpa à l'intérieur. Profite bien de ta dernière heure. »

L'appareil contourna le hangar pour se placer sur la piste de décollage.

Par le hublot, Hicks assista alors à un spectacle improbable. Ils passaient près du camion dont on faisait descendre Harper. Ce dernier paraissait totalement inerte, mais, au moment où ses pieds touchèrent le sol, il se redressa brusquement, colla un violent coup de coude dans le nez d'un des mercenaires, se baissa pour éviter l'uppercut du second gorille et le faucha pour récupérer son arme dans son holster dès qu'il toucha le sol. Le pistolet fut dans la main du policier avant que les deux hommes aient pu réagir. Il tira sans hésiter et s'élança à la poursuite de l'avion.

Mais celui-ci accélérait déjà. Morgan se précipita vers le sas et tourna la manivelle, avant que l'équipage ne comprenne ce qu'il se passait. Cela déclencha immédiatement les alarmes. Les moteurs ralentirent. Le copilote apparut dans l'encadrement de la porte qui menait au cockpit, et se précipita vers Morgan. Celui-ci, qui s'était armé de la bouteille de champagne, la lui fracassa sur le crâne. Cela ne suffit pas à le neutraliser complètement mais, étourdi, l'homme resta un moment sans réagir.

Une main agrippa la rampe et David se hissa à l'intérieur. Il ne lui fallut qu'un instant pour comprendre la situation. Son regard complètement fou effleura brièvement le professeur, qui recula d'instinct. Harper avait tout d'un animal prêt à tuer. Le colosse se redressa et reçut un uppercut en pleine mâchoire. Il rendait une bonne tête au policier, mais broncha sous l'assaut. Cela laissa le temps à Dave pour braquer son arme sur lui et tirer. L'homme vacilla et s'écroulait à peine quand son comparse apparut à son tour à l'entrée du cockpit. Le policier tira encore, mettant trois balles dans la poitrine du mercenaire. Le corps massif s'affala et ne bougea plus.

Dave s'écroula au milieu de l'allée, le souffle court. Une grimace de douleur tirait ses traits. Des sirènes retentirent presque au même instant. Morgan s'élança vers son ami. Mais le lieutenant eut un sursaut et faillit le frapper.

« C'est moi, Hicks ! » s'écria le professeur en levant les mains en signe d'apaisement.

L'expression de Harper se troubla. Quelque chose se brisa en lui et il s'écroula. Morgan le retint dans ses bras, tandis que le policier éclatait en sanglots, recroquevillé contre lui. Sidéré, le jeune homme l'étreignit avec force. Comment avait-il fait pour se débarrasser ainsi de ses adversaires et courir après l'avion, dans un état pareil.

« Tu n'es qu'une plaie ! » vitupéra une voix haineuse. Il n'eut que le temps de lever la tête pour voir Rachel à l'entrée de l'appareil, un pistolet braqué sur lui. Morgan ne pouvait pas bouger avec Dave qui pesait sur lui, inconscient. Il sentait pourtant son arme sur sa cuisse, mais ne pouvait esquisser le moindre geste. Sa sœur referma le sas derrière elle et lui signifia, d'un geste du canon, de rejoindre le cockpit. Le jeune homme dut se résoudre à abandonner David, toujours inerte. Mais il n'atteignit pas sa destination. Rachel l'assomma avec la crosse de son arme et il s'écroula sur le sol.

Quand il reprit connaissance, l'avion avait décollé et volait au-dessus de l'océan. Sa sœur était aux commandes. Morgan en profita pour chercher l'arme du lieutenant, et vérifier l'état de ce dernier. Mais le pistolet restait introuvable. Et Harper, qui n'avait pas émergé, ne lui serait d'aucune aide, pour le moment.

Rachel apparut, équipée d'un des parachutes.

« Tu m'obliges à changer mes plans, mais après tout, ça ne serait pas amusant, sinon.

— Tu n'iras nulle part. Les policiers n'ont pas cru à tes mensonges. Et il y a les deux gugusses que tu as laissés sur le tarmac. On saura les convaincre de témoigner.

— Tu m'as toujours sous-estimée, Morgan. Sache que j'ai tout prévu. Même le pire. J'ai mis de l'argent de côté, je peux me retirer dans n'importe quel pays qui ne pratique pas l'extradition avec les États-Unis, et ça fait une belle liste.

— Tout ça pour m'anéantir ?

— Oui. OUI ! rugit-elle. J'avais beau faire, j'ai toujours vécu dans ton ombre. Parce qu'il y avait déjà un génie dans la famille, personne ne s'est préoccupé de mes résultats. Je suis au moins aussi brillante que toi ! Je te regardais courir d'un bout à l'autre de la ville avec cet imbécile, dans une chasse au trésor que je pilotais à distance. Mais quel trésor as-tu trouvé, dis-moi ? »

Tu plaisantes ? réagit le professeur en se gardant bien, toutefois, de regarder vers David.

« Ils mettront des mois à localiser l'épave, si tant est qu'ils la retrouvent », ajouta-t-elle en activant la balise accrochée à sa ceinture. Elle s'était aussi changée et portait une combinaison qui lui permettrait de supporter la température de l'eau le temps qu'on vienne la récupérer.

« Tu as tué Myles ? l'interrogea encore son frère.

— Il a été liquidé par un de mes hommes de main, mais vous ne lui mettrez pas la main dessus, il a déjà rejoint le Canada. Celui-là ne témoignera pas contre moi. »

Trop occupée à se réjouir, elle ne remarqua pas que Morgan avait glissé la main sous un des sièges. Il y trouva ce qu'il cherchait et, dans un brusque mouvement, lui balança à la figure la couverture emballée dans du plastique. Cela suffit comme diversion. Il en profita pour attraper Rachel par le poignet, au risque qu'elle lui tire une balle en pleine tête. Mais il s'en moquait. Dopé par l'adrénaline, il la poussa en arrière avec un cri de rage. Ils se battirent pour l'arme. Un coup partit en direction de la carlingue, que la balle traversa. Heureusement, ils ne volaient pas assez haut pour que cela déclenche une dépressurisation. Rachel gifla son frère. Il la frappa en retour. Autant pour le côté chevaleresque. Puis il la saisit à la gorge, serra et lui cogna l'arrière du crâne contre le plancher, jusqu'à ce qu'elle ne bouge plus. Lorsqu'il se redressa, hors d'haleine, il n'eut d'autre réflexe que de se passer une main tremblante dans les cheveux.

Et maintenant ?

Il se retrouvait dans un avion à la dérive. Lui-même n'avait aucune notion de pilotage. Quel intérêt, quand d'autres se chargeaient de le transporter d'un lieu à un autre par la voie des airs ? Il se rendit néanmoins dans le cockpit, mais le tableau de bord le plongea dans la perplexité la plus totale.

Que faire ?

Joindre les secours ? À part leur dicter ses dernières volontés, en l'état, il ne voyait pas très bien ce que ça changerait. Il trifouilla néanmoins au hasard, attrapa le casque, émit sur plusieurs fréquences, se découragea de l'absence de réponse et finit par retourner dans la cabine. Il essaya de réveiller Harper, en vain. Il ne pourrait pas lui demander conseil.

Morgan allait devoir prendre une décision.

Pour tous les trois.

Il ignorait combien de temps l'avion volerait encore. Pas assez, sans doute. Il débarrassa le copilote de son parachute et de son gilet de sauvetage, et se retrouva devant un dilemme.

Deux parachutes.

Trois personnes.

Il considéra sa sœur un moment. Sa sœur. Le même sang que lui.

Elle voulait te tuer. Sans remords. Elle a torturé Harper, l'a enfermé alors qu'il est claustrophobe. Elle a tué ou fait tuer une demi-douzaine de personnes.

Les arguments s'entrechoquaient dans sa tête. Il imaginait le chagrin de sa mère.

Dans les deux cas, elle perdra ses enfants. Qu'au moins un survive !

Si Harper était à sa place...

Il ne l'est pas. Tu ne peux pas compter sur lui. Choisis. Sauve-le.

Ses mâchoires se crispèrent. Il tourna le dos à Rachel et rejoignit Dave pour l'équiper. Au moins, ça, c'était réglé.

Il tenait encore le dernier parachute.

Sa sœur ou lui ?

Elle portait une tenue qui lui permettrait de survivre dans l'eau. Des gens devaient la récupérer. Ils s'attendraient à la voir.

Et si Dave survit au saut, ils le tueront. Rachel ne lui viendra pas en aide s'il arrive dans l'eau, inconscient. Il risque de couler en s'empêtrant dans la voilure ou les suspentes. À moins qu'elle ne se charge de l'achever. Tu n'as pas le choix. Si tu ne sautes pas avec lui, il n'a aucune chance.

Le jeune homme baissa les yeux quand ses doigts clipsèrent le harnais autour de sa taille. Il retira aussi la balise et l'attacha à son bras.

Il avait pris sa décision.

Morgan revint auprès du policier pour le traîner vers le sas. Quand l'avion entama sa descente, il se prépara, comptant sur le fait que sa sœur avait prévu un pallier pour lui permettre de sauter. Lorsque le jet se stabilisa de nouveau, Hicks manqua de se faire arracher le bras en ouvrant le panneau. Le vent lui fouetta le visage. Il agrippa Harper, le serra contre lui, bénit les quelques fois où il avait fait du parapente, et sauta dans le vide.

Il étreignit de toutes ses forces le corps inerte de son compagnon. Puis, jugeant la distance suffisante, il tira sur la commande à main et lâcha prise quand l'ouverture de la voilure tira le policier vers le haut. Il attendit de s'être éloigné pour déclencher son propre parachute.

Hicks heurta l'eau le premier. Il se débarrassa du harnais rapidement, nagea aussi vite que possible vers Dave qui avait amerri. Comme le sien, son gilet de sauvetage s'était gonflé au contact de l'eau et le maintenait à la surface. Désormais, il s'agissait de tenir jusqu'à l'arrivée des secours. L'eau était glacée. Soit on les retrouvait rapidement, soit ils y restaient.

***

« *On a découvert l'épave de l'avion au large de la Floride. Il s'est écrasé faute de carburant,* précisa Fisher au téléphone. *Il n'y avait que deux corps à bord, mais même si votre sœur avait survécu au crash, les secours auraient mis trop de temps...*

— Je vous remercie, capitaine. »

Morgan raccrocha et contempla d'un air distrait la porte du bureau du juge. Il venait pour signer les papiers qui le libéreraient une bonne fois pour toutes de la menace d'un retour à l'asile. Seul. Harper était encore à l'hôpital, pour ce qu'il en savait. Quand les gardes-côtes les avaient récupérés, ils souffraient tous les deux d'hypothermie, de déshydratation, de contusions diverses et, dans le cas de Dave, de plusieurs côtes fêlées.

Sa mère refusait de lui parler. Il ne pouvait pas lui en vouloir. Peut-être que le temps lui permettrait d'envisager un jour de lui pardonner.

Mais se pardonnerait-il lui-même ?

Aux enquêteurs, il avait assuré qu'au moment de sauter de l'avion, il pensait que sa sœur était morte. Cependant, son corps introuvable laissait non seulement planer le doute, mais faisait aussi peser sur ses épaules l'éventualité qu'elle puisse revenir se venger. Voilà pourquoi il devait se tenir éloigné de Harper. Impossible de vivre avec lui en cumulant culpabilité et épée de Damoclès. Le regarder chaque jour avec au cœur ce lourd secret ? Non. Et s'il disait la vérité, il courait le risque de perdre l'amour de David.

La porte s'ouvrit, l'interrompant dans ses sinistres réflexions. Le juge Fitzralph lui fit signe d'entrer et lui serra cordialement la main au moment où il franchissait le seuil.

Lorsqu'il ressortit une demi-heure plus tard, les documents en main, le jeune homme ressentit un moment de panique.

Et maintenant ? Quel cours prendrait sa vie ?

Le professeur ne voyait pour l'instant d'autre horizon que son appartement. L'idée d'y retourner le remplissait presque d'effroi. Il n'envisageait même pas d'y dormir. Mais il devait au moins récupérer quelques vêtements, puis il se mettrait en quête d'une chambre d'hôtel.

Dans l'ascenseur qui conduisait à son étage, il faillit céder à une crise de panique. L'air entrait avec peine dans ses poumons et il serrait convulsivement le trousseau qu'il avait récupéré en passant signer d'autres paperasses à l'hôpital. Ce fut avec une lenteur insoutenable qu'il avança jusqu'à la porte de son appartement. Là, il se trouva incapable de mettre sa fichue clef dans la serrure. Il revoyait Maya et son sourire, Maya qui rentrait d'une séance de shopping, Maya qu'il portait dans ses bras pour franchir le seuil après sa soirée d'anniversaire dans le bon restaurant où il l'avait invitée. Tout rattachait cet endroit à Maya. Et elle n'était plus là.

Morgan se laissa glisser le long du chambranle, privé de courage.

Il entendit, dans son dos, s'ouvrir les portes de l'ascenseur, après l'habituel signal indiquant l'arrivée à l'étage. Des bruits de pas suivirent. Le professeur ne leva même pas la tête pour voir qui approchait ainsi. Toutefois, quand l'homme s'arrêta devant lui, il en reconnut aussitôt les chaussures.

Harper...

Celui-ci s'accroupit et le considéra un moment, l'air indéfinissable.

« Tu es sorti de l'hôpital », constata Hicks d'une voix enrouée. Le policier opina devant cette évidence. « Et comment as-tu su... ? »

Évident ! Il parlait à un flic !

« Tu as l'intention de rester là ou tu comptes rentrer ? demanda Dave.

— Je... je n'y arrive pas.

— Je vois... Tu me fais une place ? »

Morgan replia les jambes alors que son compagnon s'installait, le dos appuyé à la porte.

« Je pensais te voir à l'hôpital.

— Je... j'avais des papiers à signer. Le juge... Je ne suis plus un aliéné, aux yeux de l'État de Pennsylvanie, ajouta le jeune homme.

— Super. Alors... tout rentre dans l'ordre. »

Morgan soupira. Si seulement ça pouvait être aussi simple !

« Deux parachutes. Trois personnes », dit Harper.

Le professeur sentit qu'il se décomposait, tandis que son regard croisait celui du lieutenant.

« Tu sais, ça ressemble à ce problème de logique : un loup, une chèvre, un chou, et tu dois les faire passer de l'autre côté de la rivière. Tu connais ?

— Oui, bien sûr », répondit Hicks sans très

bien voir où le policier voulait en venir. « Si tu permets, je serai le loup, et toi le chou. »

Morgan ne manqua pas l'expression amusée qu'afficha Dave en entendant ces mots.

« Reste la chèvre.

— Ma... sœur ? »

Nouveau hochement de tête de Harper.

« Seulement, dans le cas présent, ta barque prend l'eau et tu ne peux effectuer tous les voyages nécessaires. À toi de décider si tu vas sauver la chèvre ou le chou.

— Il est idiot, ton problème, maugréa Morgan.

— J'aurais fait le même choix, assena aussitôt David.

— Non. Toi... tu aurais trouvé une solution. »

Il sentit des larmes lui piquer les yeux et se pinça le nez pour les retenir.

« Un type super intelligent dans un avion, et pas fichu de le piloter. Je suis nul.

— Il n'y avait pas assez de carburant, souligna Dave. Ça n'aurait pas changé grand-chose.

— Et en changeant de cap ?

— Tu ne peux pas réécrire l'histoire et modifier les données du problème.

— Je ne peux pas m'en empêcher.

— Je sais. »

Disant cela, Dave lui caressa la joue.

« J'aurais fait le même choix, Morgan. Je t'aurais sauvé. Que ce choix te torture est d'ailleurs la raison... » ajouta-t-il en s'approchant à chaque mot, « pour laquelle je t'aime. »

En recevant le baiser, Hicks écarquilla les yeux. Il n'avait pas rêvé, çà non !

« Tu m'aimes ? s'exclama-t-il dès qu'il put de nouveau utiliser sa langue pour parler.

— On dirait bien, réagit son compagnon avec un sourire.

— Oh... mais...

— Donne-moi la clef. On prend tes affaires et on rentre chez nous.

— Chez nous ?

— Te serais-tu transformé en perroquet ? » se moqua David en se levant. Il lui tendit la main et l'aida à se mettre debout.

« Et ne traînons pas. »

Son long regard appuyé ne laissa planer aucun doute sur ce qu'il avait en tête.

ÉPILOGUE

« C'est le dernier carton ? »

Morgan jeta un regard dans le coffre du pickup avant de le refermer.

« Oui, on a terminé. »

Quel soulagement ! Ils avaient passé le week-end à faire des allers-retours pour récupérer les dernières affaires de Hicks dans son appartement, avant de donner les clefs au nouveau propriétaire. Avec la coquette somme que la vente venait de lui rapporter, Morgan avait de quoi voir venir, le temps pour lui de remettre le pied à l'étrier. Il était content que la transaction ait pu se faire rapidement, et préférait ne plus avoir ainsi à se préoccuper de cet endroit.

Il se dirigea vers l'ascenseur, bientôt rejoint par Harper. Remis de ses blessures, le policier semblait d'excellente humeur. Ce dernier trajet lançait le départ d'une nouvelle vie pour les deux amants. D'ici quelques jours, l'enquêteur reprendrait son travail. Hicks, lui, avait quelques projets d'articles qui lui permettraient de faire ses preuves. Il avait dans l'idée de retrouver son poste ou l'équivalent à l'université. Il se rendait compte qu'enseigner lui manquait.

« Je ne pensais pas qu'il y en aurait autant », commenta Dave en désignant les caisses qui encombraient le palier lorsqu'ils arrivèrent.

« Pourtant, je te jure que j'ai fait du tri, assura Morgan. Je n'ai emporté que le strict minimum. Mais les livres, ça prend de la place, je dois le reconnaître.

— On pourra caser tout ça dans la chambre d'amis », jugea Harper.

Le cœur de son colocataire bondit dans sa poitrine. Cela signifiait beaucoup pour lui. La chambre d'amis n'était pas *sa* chambre, bien qu'il l'ait partagée avec le lieutenant le temps de leur convalescence à tous les deux. Ce soir, il dormirait pour la première fois dans le lit à l'étage. Dans la chambre de Dave. *Mince, pourquoi j'ai les jambes qui flageolent, tout à coup ?*

« J'ai déjà repéré des étagères qu'on pourra aller acheter demain matin. En se débrouillant bien, on aura tout installé avant que je reprenne le boulot », poursuivait le policier sans se douter de l'ébullition qui régnait dans le cerveau de son compagnon.

Ils entrèrent dans le loft, rangèrent les cartons dans la chambre du bas, puis Morgan se mit aux fourneaux. Une sorte de routine s'était instaurée depuis quelques jours, et le jeune homme appréciait de pouvoir se consacrer à la préparation du repas, ce qui coupait court aux pensées tumultueuses qui l'agitaient encore. Harper, lui, alluma la télé, avant de dresser la table. Il commenta une info – mais, concentré sur sa tâche, Morgan ne lui répondit pas.

« Tu es avec moi, prof ?

— Pardon, tu me parlais ? réagit Hicks avec un sursaut.

— Je te demandais juste quelle bouteille tu préférais que j'ouvre pour aller avec ton plat.

— Du vin, carrément ? s'étonna le jeune homme.

— Eh bien, on a quelque chose à fêter, non ? »

Morgan considéra les deux flacons, avant de porter son choix sur le merlot californien. Dave déboucha la bouteille, laissa décanter avant de servir le breuvage. Il apporta son verre à son compagnon, qui mettait la dernière touche à sa salade. Mais au lieu de s'éloigner, il resta à proximité, gênant presque Morgan.

« Tu as besoin d'un truc ?

— Non, non, je regarde, c'est tout. »

Cette réponse évasive amena Hicks à considérer le policier. Effectivement, il ne ratait pas une miette de ce qu'il faisait.

« Tiens, goûte », proposa-t-il en lui tendant une tranche de grison. Au lieu de la récupérer normalement, Dave se pencha et la happa directement, capturant un instant les doigts de son colocataire entre ses lèvres. Un frisson parcourut l'échine de ce dernier. *Ah ! tu veux jouer à ce jeu-là.* Quoi de plus étonnant de la part d'un type qui ressentait tout puissance mille ? Après tout, s'il aimait sa cuisine aussi de cette façon... Le jeune homme glissa un petit four entre ses dents et le tint ainsi, un geste de la tête invitant Harper à venir le chercher. Le policier ne se fit pas vraiment prier, le débarrassant de son verre au passage, avant de s'emparer de son trophée qu'il dégusta, à quelques centimètres seulement de Hicks. Une fois régalé, il se pencha pour embrasser ce dernier langoureusement, au point que le professeur dut s'appuyer contre le plan de travail pour supporter cet assaut.

« Tu sais, haleta-t-il une fois que Harper se fut écarté, ce serait dommage que j'aie préparé tout ça et qu'on ne le mange pas.

— Très dommage, concéda David avant de récupérer son verre et le saladier. Je meurs de faim. »

Tu m'en diras tant, songea Morgan en le regardant s'éloigner, ses yeux attirés malgré lui par le splendide postérieur, moulé dans un jean, qu'il trouvait tout à coup diablement sexy.

Ils n'arrivèrent pas au dessert. Il ne fallait

pas exagérer non plus, il n'était qu'un homme. Pour la peine, il aurait apprécié qu'ils rejoignent la chambre d'amis, mais Harper semblait déterminé à lui faire les honneurs de la chambre à l'étage.

Lorsque Dave ouvrit les yeux, il sentit un poids peser sur sa poitrine. En baissant la tête, il constata que Morgan avait passé un bras possessif autour de sa taille, le visage enfoui contre son épaule. Mince, ça faisait vraiment bizarre de se réveiller ainsi à ses côtés. Il avait l'impression qu'il ne s'y habituerait jamais. Surtout qu'ils se retrouvaient cette fois-ci dans son lit. *J'étais loin de m'imaginer un truc pareil quand j'ai proposé de l'héberger pour assurer sa protection.* Le policier détailla le professeur un long moment. Par le vasistas, la lumière pénétrait dans la chambre et baignait le corps allongé contre le sien. En l'observant ainsi, impossible de deviner ce que Hicks avait pu accomplir pour lui sauver la vie. *J'ai cru devenir dingue quand ils m'ont enfermé.* Ce qui l'avait sauvé ? Les exercices d'hypnose que le jeune homme lui avait appris. Il avait finalement réussi à se plonger dans un état second, feignant l'inconscience, réfugié dans un flot de souvenirs agréables pour lutter contre sa terreur. *Sans lui, sans Morgan, cette histoire se serait très mal terminée.* Ils formaient un sacré tandem, tous les deux.

« Comment tu as fait pour neutraliser les hommes de main de ma sœur, alors que je te croyais hors circuit ? » lui avait-il demandé le premier soir où il l'avait ramené au loft.

Pour tout dire, Harper s'interrogeait encore à ce propos. La seule réponse rationnelle qui lui venait à l'esprit, c'était la peur. La peur de perdre cet homme devenu si important pour lui. La peur que Rachel ne le lui enlève pour toujours. La peur de retrouver la solitude qu'il connaissait avant de le rencontrer.

« Et toi, comment as-tu fait pour tenir si longtemps, dans l'eau glacée, en attendant les secours ? » avait-il rétorqué, soulignant que son compagnon avait lui aussi accompli un exploit.

« Je suis bon nageur », avait répondu Hicks, tout en piquant du nez dans son assiette.

Dehors, la rue s'animait, l'immeuble prenait peu à peu vie. Les bruits, les odeurs qui lui semblaient parfois insupportables glissaient sur Harper, sans parvenir à l'arracher à sa contemplation. Une à une, il élimina les fragrances parasites pour n'en capter qu'une seule. Un à un, il chassa tous les sons pour n'en garder qu'un seul. Il sentait même la pulsation à travers sa paume posée sur le drap.

D'ordinaire, quand le jour se levait, Dave choisissait d'en faire autant. Il décida ce matin-là de laisser le monde vaquer à ses occupations, tandis que Morgan occupait tout son univers. Ses paupières se refermèrent et il respira profondément.

Quand ses doigts effleurèrent l'avant-bras de Hicks, son existence même parut prendre une autre consistance. Il se sentit... ancré. Il se sentit... heureux.

Dave devina que le jeune homme était réveillé avant même que ce dernier n'ouvre les yeux.

« Alors, lieutenant, votre verdict ?

— J'hésite encore sur le chef d'inculpation.

— Ah oui ? » s'amusa encore son compagnon, tandis que Harper l'attirait contre lui pour l'embrasser.

« Attentat à la pudeur », ajouta David en écartant le drap qui les recouvrait tous les deux. Morgan protesta en sentant l'air plus frais de la chambre sur sa peau.

« Ou harcèlement sexuel, conclut Dave.

— Quoi ? protesta Hicks contre ses lèvres. Elle est bien bonne ! Qui s'est jeté sur moi à peine arrivé sur le palier ?

— Tu as des témoins ? »

Impossible pour Morgan de répondre, trop occupé qu'il était à mordiller le cou du policier.

« Non, mais... je peux me débrouiller pour... avoir un flagrant délit, finit-il par murmurer à l'oreille de Harper. Difficile de nier, à présent.

— En effet », admit Dave dans un soupir. Puis il fut incapable de se concentrer pendant de merveilleuses minutes.

« Dois-je appeler un avocat ? revint à la charge Morgan, désormais juché à califourchon sur son amant.

— Je me rends, abdiqua ce dernier dans un rire, même si ta culpabilité est irréfutable. »

Il caressa le torse penché au-dessus de lui.

« Tu fais bien d'être raisonnable. Je saurai me montrer magnanime. »

Oh ! bravo, eut à peine le temps de songer Harper avant que ses pensées ne s'embrouillent à nouveau sous l'effet des caresses redoutables du jeune homme. Cette fois-ci, en nage, il finit par s'abandonner totalement. Tout aussi épuisé, Hicks s'écroula à ses côtés.

« Bon sang, tu me mets dans de ces états ! » s'esclaffa-t-il.

Dave se contenta de le laisser se blottir contre lui. Ils s'embrassèrent encore un moment, avant que le jeune homme ne bondisse du lit, lui offrant le spectacle de sa nudité le temps qu'il enfile son caleçon.

« J'ai une faim de loup, je vais nous préparer un bon petit déjeuner. »

Au moment où il allait descendre la première marche, David se redressa sur ses coudes et lança :

« Prof ? »

Morgan se figea, pivota sur ses talons. L'expression sur son visage coupa presque le souffle du policier.

« Tu es la meilleure chose qui me soit arrivée. »

Un sourire radieux lui répondit.

« Toi aussi, Dave. Toi aussi. »

Harper se laissa retomber sur le lit en l'entendant dévaler les escaliers, puis s'activer dans la cuisine. En contemplant le plafond, il sentit un regret gonfler dans sa poitrine.

Pourquoi n'as-tu pas ajouté « Je t'aime » ?

Descends donc et va rattraper ton erreur.

Ni une, ni deux, il se leva et s'empressa de suivre ce bon conseil. On entendit glousser dans la cuisine. Puis une protestation :

« Dave ! Tu vas me faire rater mes pancakes ! »

À suivre dans *Les larmes de Zénobie*

243

Du même auteur

pouvoir des Conjurés. Deux sorciers, Iago et de sa sœur, feront tout pour que le jeune homme ne puisse jamais rallier à la cause de Bonaparte les troupes nécessaires à la reconquête de son trône.

Découvrez ce récit uchronique mêlant batailles historiques et magie ancestrale dans ce premier volet de *L'Ange et le Faucon*.

Récit uchronique mettant en scène une romance m/m.

CALIBAN : MIND DIVISION — 2

Le matin où le Docteur William Mallaury reçoit une lettre de son père, mort depuis quinze ans, il ne se doute pas combien sa vie en sera bouleversée. Pourtant, en se rendant à l'adresse indiquée sur le courrier, il rencontre un étrange jeune homme qui hante les lieux depuis des années : Caliban. Celui-ci semble en savoir beaucoup sur ce père trop absent que Will a préféré rayer de sa vie. Et que dire de l'attirance que le jeune médecin éprouve presque aussitôt pour ce curieux personnage qui oscille entre innocence et terreur à la seule idée de sortir du vieil immeuble délabré où il séjourne ? Quels secrets cachent l'appartement 27C ? Et qui est la mystérieuse Sycorax que Caliban semble tant redouter ?

Note : Située dans le même univers que Les Hibraines, *la série* Mind Division *peut-être toutefois lue de manière indépendante. Chaque épisode met en scène un personnage central.*

AFTER HOURS

Indications :
Recueil prescrit en cas d'amour immodéré pour la romance m/m, le goût indéfectible pour les scènes de sexe entre hommes très osées, un penchant incurable pour les beaux gosses.

Conseils d'utilisations :
Attention, nous vous invitons à prendre certaines précautions avant de lire ce recueil.

Évitez les salles d'attente ou les transports en commun, la proximité de tout objet inflammable qui pourrait entraîner une combustion spontanée à la lecture de certaines scènes. Il est vivement recommandé de s'équiper des accessoires suivants : un extincteur, une serpillière, un seau rempli d'une eau bien froide... ou à la rigueur, en hiver, à température ambiante.

Posologie :
À lire sans modération.

Effets indésirables éventuels :
Peut provoquer de soudaines rougeurs, des soupirs extatiques, voire des cris lubriques.

Composition :
Dix nouvelles mettant en scène des romances gays.

Liste des excipients : *Le stagiaire* (tomber amoureux de son boss peut avoir... certains avantages) – *Moby Dick* (appelez Ismaël pour une soirée incandescente) – *L'espion qui m'aimait... trop* (espionnage viril et mariage en perspective) – *La dernière saison* (le tournage d'une scène de baiser qui se transforme en révélation) – *Antinoüs* (les amours de l'empereur Hadrien et du garçon porcher Antinoüs) – *Terrien en détresse* (un sauvetage qui donne lieu à une rencontre torride) – *Le miroir* (« Surtout, mon petit, surtout, ne va pas dans la chambre rouge ») – *Silver* (quand une étoile tombe amoureuse d'un guerrier) – *Le Favori* (amours troublantes à la cour d'un prince de Perse) – *Une longue nuit d'automne* (la nuit de Samain, tout peut arriver).

TIBERIUS : BOSTON – ANDRINOPLE – FLORENCE
Peter Denton est un jeune homme très talentueux. Il enseigne l'Histoire des Arts à Harvard. En apparence, tout lui sourit. Il vit dans un bel

appartement, il conduit une belle voiture et il aime beaucoup sa maman.

Mais il mène une existence des plus solitaires, incapable de trouver l'amour parmi tous ses amants, hommes ou femmes. Admirateur de Michel-Ange et des artistes de la Renaissance italienne, il préfère dédier tout son temps libre à sa passion : la sculpture et décrète que finalement son art et son travail doivent lui suffire.

C'est compter sans ce cadeau bien particulier que ses collègues choisissent de lui offrir pour son anniversaire.

DANS LA MÊME COLLECTION

En numérique :
(nouvelles et anthologie)

KALÉIDOSCOPE
Paul mène une vie tranquille entre sa femme et ses enfants.

Une vie si tranquille qu'elle en est lassante.

Une femme à qui ne le lie plus que l'habitude et des enfants qui lui sont étrangers.

Jusqu'au jour où son existence si calme et bien rangée va subitement basculer.

À la seconde où il croise le troublant regard d'améthyste d'Arthur, le meilleur ami de son fils.

SAMIDARE
Partir en vacances en amoureuses, l'idée semblait sympa. Ce qu'on ignorait toutes les deux, c'était que des ennuis nous attendaient sur place. Heureusement, Samidare était là. Difficile de dire pourtant à qui on a affaire. Ma copine déteste que j'essaie d'en savoir davantage à son sujet. Mais je ne peux pas m'en em-

pêcher. Ce type m'intrigue, je dois en avoir le cœur net.

DÉFI À L'AMOUR

Découvrir son homosexualité peut virer au drame et détruire toute une famille.

À travers une succession de points de vue, l'auteur nous invite à découvrir un récit plein d'émotions, dans lequel les différents protagonistes nous livrent leurs sentiments, leur révolte, leurs douleurs face à l'intolérance.

POUPÉE DE PORCELAINE

« Je sais qu'un lourd secret se cache derrière ton masque de porcelaine.

Un secret qui te fait souffrir. Un secret que je veux découvrir.

Je veux pouvoir t'ôter ce masque. Te voir sourire. Pouvoir t'aimer.

Et je suis prêt à tout pour y parvenir, pour te sauver.

A tout. »

Ce nouveau récit d'Isabelle Wenta vous plongera dans une histoire d'amour intense et unique. En quelques mots, l'auteur saura vous rendre ses personnages attachants et leurs épreuves bouleversantes.

Anthologie « À voile et à vapeur »

De la science-fiction à la fantasy en passant par le fantastique, dix auteurs proposent leur vision d'un avenir du passé. Dans ce rétro-futur haut en couleurs, la vapeur et la voile cohabitent, le chevalier d'Éon use de charmes inattendus, des automates interrogent le tic tac de leur cœur mécanique et des élixirs permettent de changer de sexe à volonté. Embarquez à bord de la Vagabonde ou du Quatorze Sacs à Malice, destination la Russie, l'Afrique coloniale, Paris ou Londres, et partagez avec ces personnages les tourments et les plaisirs d'une vie à voile et à vapeur riche en aventures de tous genres – et sans distinction de genre...

En numérique et en papier :

Starless Sky – 1ᴱᴿ mouvement : Asagiri

La vie semble sourire aux cinq jeunes membres de *Nothing Else*. Leur dernier album est un succès et ils enchaînent les concerts, remplissant les salles de fans hystériques. Mais tout n'est pas si rose au sein du groupe. Kiyoshi, le séduisant guitariste, est en butte aux persécutions de Kazuo, le leader, qui semble le haïr. Et Sato, le glacial et hautain batteur, cache un lourd secret qu'Ash, le bassiste, compte bien découvrir. En pleine préparation du nouvel album, le drame éclate. Après une violente querelle, Kazuo décide de partir et Kiyoshi s'en rend responsable. Hikari, le fantasque chanteur, doit alors lutter pour sauver *Nothing Else*, tandis qu'Ash et Sato n'osent pas encore croire que le bonheur est à leur portée.

TEMPÊTE SUR CAVE BAY - 1 : INSPECTEUR PEYTON CID D'ISABELLE WENTA.

Quand l'inspecteur Peyton de Scotland Yard arrive à Lays Harbour, minuscule port de pêche du sud des Cornouailles, c'est pour y enquêter sur une étrange affaire de meurtre qui bouleverse cette paisible bourgade.

Quatre plaisanciers ont été retrouvés morts dans l'épave de leur voilier et ses investigations s'annoncent délicates, surtout quand il croise le regard d'azur d'un suspect des plus troublants.

La tempête fait rage autour du vieux phare et l'inspecteur Peyton se trouve face à un terrible dilemme. Et si l'implacable assassin qu'il poursuit ne faisait qu'un avec celui qui a ravi son cœur ? Il est prêt à tout pour le découvrir, quitte à mettre en jeu sa carrière. Et sa vie.

La version qui vous est proposée ici disposera d'une scène bonus pour la version numérique. Les personnes qui choisiront la version papier recevront cette scène bonus au format pdf par courriel. Cette scène bonus ne sera proposée que pour la campagne.

King Helios, le souverain perdu (traduit de l'américain)

Vaincu et amnésique, le roi Hélios est vendu par ses ennemis pour devenir un prostitué dans un des pires bouges de la galaxie. Lorsque son fidèle second, le capitaine Griffin, le retrouve enfin, il ne se doute pas de la tâche qui l'attend. Non seulement il lui faut rendre la mémoire à son roi, mais aussi résister aux avances de ce dernier qui continue d'obéir à son conditionnement d'esclave sexuel. Et lorsqu'enfin Hélios retrouve ses souvenirs, les problèmes ne disparaissent pas pour autant, car le retour du souverain perdu pourrait bien compromettre les plans de ceux qui avaient profité de son absence.

Et plus si affinités.

« *Nous avons besoin l'un de l'autre pour exister vraiment. Nous sommes complémentaires. Un maître n'est rien s'il n'a personne à dominer. Un soumis n'est rien s'il n'a personne à qui obéir.* »

Benedict Hunter n'est pas un flic de terrain. « Petit génie de l'informatique », comme on le surnomme, c'est dans les méandres d'Internet qu'il chasse, armé d'une souris et d'un clavier. Aussi est-il très étonné quand son capitaine veut l'envoyer en planque dans un établissement soupçonné de servir de couverture à un trafic de drogue. Et que son équipier d'un soir sera le lieutenant Joe Leata, un homme hors du commun, un colosse qui fait battre depuis des mois le cœur de son jeune collègue.

Mais il n'est pas au bout de ses surprises, ce soir là. Le bar glauque où Joe l'entraîne abrite un club très spécial dont il va découvrir les règles. Forcé de jouer le jeu trouble de la soumission, Benedict finit par ne plus savoir si son trop séduisant partenaire est bon comédien... ou s'il est réellement le dominant qu'il parait être et qui le plie sans effort à sa volonté.

Imprimé via Createspace.
ISBN : 978-2-364753-52-5
Dépôt légal : Juillet 2016

www.ingramcontent.com/pod-product-compliance
Lightning Source LLC
Chambersburg PA
CBHW020619260626
47157CB00003B/1074